COLLECTION MICHEL LÉVY
— 1 franc 25 cent. le Volume —
PAR LA POSTE, 1 FR. 50 CENT.

# LÉA FERGUSSON

# L'ÉCOLE
# DU VICE

C·L

PARIS

CALMANN LÉVY, ÉDITEUR
ANCIENNE MAISON MICHEL LÉVY FRÈRES
RUE AUBER, 3, ET BOULEVARD DES ITALIENS, 15
A LA LIBRAIRIE NOUVELLE

Boulogne (Seine). — Imp. JULES BOYER.

COLLECTION MICHEL LÉVY

# L'ÉCOLE DU VICE

Poitiers, Typ.-Lith. de l'Ouest, J. Ressayre. — Paris, 3, rue d'Aboukir.

# L'ÉCOLE DU VICE

PAR

LÉA FERGUSSON

C · L

PARIS

CALMANN LÉVY, ÉDITEUR

ANCIENNE MAISON MICHEL LÉVY FRÈRES

RUE AUBER, 3, ET BOULEVARD DES ITALIENS, 15

A LA LIBRAIRIE NOUVELLE

—

1878

# L'ÉCOLE DU VICE

I

On était au mois de février, saison où Londres
commence à se dépeupler, où tout ce qui n'est
pas condamné aux travaux forcés de la capitale
se hâte d'aller jouir de cette belle verdure que
l'on trouve presque tout l'hiver dans les châteaux
anglais.

Par une magnifique soirée, en 1865, il y avait
grande réunion chez lord Dudley. Depuis trois se-
maines il avait épousé Diane de Cassy, riche héri-
tière dont le père était mort au service de la France
sur les remparts de Constantine.

Lady Dudley était plutôt belle que jolie, plutôt

grande que petite. Elle portait, ce soir-là, une robe
de soie bleu de ciel sous un flot de dentelles blanches. Elle était coiffée à ravir : ses beaux cheveux
noirs, séparés sur le côté de la tête, tombaient en
longues boucles sur son col de cygne, et descen
daient jusque sur ses épaules. Sa pâleur rosée, son
regard à demi voilé, son doux et triste sourire, tout,
jusqu'à son maintien un peu languissant, semblait
personnifier en elle l'idéal de la mélancolie.

Son entrée au salon souleva un murmure d'admiration.

Pendant que lord Dudley la présentait avec orgueil
à ses invités, il se disait à part lui : « Tout cela est
à moi ! cette beauté incomparable, ce cœur naïf et
tendre, cette noble vierge anglaise qui attire tous
les regards et trouble toutes les âmes, elle est à moi !
Nul n'a dit à cet être céleste ce qu'il m'est permis
de lui dire; elle ne sait qu'un nom d'homme, le
mien ! Je suis sa vie comme elle la mienne ; où
trouver félicité plus complète, triomphe plus eni-
vrant ! »

Maintenant, cher lecteur, si vous avez encore des
illusions, si vous croyez à l'amour, à l'amitié, à la
foi des serments, à l'enthousiasme du bien et du
beau, fermez ce livre dès les premières lignes que
vous venez de lire.

Je n'ai rien à dire qui ne vous révolte, et j'aurais
pitié de troubler votre âme dans ses croyances.

Mais si vous avez déjà vécu, si vous êtes un de
ces « infortunés convives » du banquet humain qui

ont vidé trop tôt la coupe enchantée de la jeunesse, et qui n'y trouvent plus qu'amertume, doute affreux, soif dévorante du nouveau et de l'impossible, alors causons ensemble; nous nous comprendrons, et vous direz comme moi, après le dernier mot de ce livre : « C'est triste, mais c'est vrai. »

## II

### LADY DUDLEY

Jour pour jour, une année après cette belle soirée donnée par lord Dudley, deux personnes étaient dans ce même salon : lady Dudley et le baron de Longcourt.

La jeune femme était triste et pâle, comme si un malheur l'avait frappée. Toutefois son abattement ne venait que de l'absence continuelle de son mari.

Quelques mots d'abord sur Charles de Longcourt. Il avait trente ans à peu près. A première vue, il ne paraissait pas son âge, ses cheveux châtain foncé, que faisait ressortir une barbe un peu plus claire d'un blond roux, ses traits réguliers, sa taille haute et bien prise en faisaient ce qu'on appelle un bel homme. Toutefois un examen plus attentif faisait remarquer que ses membres, fortement accentués, manquaient de finesse dans leurs attaches et de délicatesse dans leurs extrémités. Son œil, très-noir, parfaitement encadré sous un épais sourcil, ne manquait pas d'une certaine puissance; enfin toute sa personne avait, si l'on peut s'exprimer ainsi, l'élégance acquise, mais non la distinction native, tout ce que l'éducation et la société donnent, mais rien de ce que la nature avait si libéralement prodigué à son ami.

Charles de Longcourt s'était lié avec lord Dudley; c'était certes la plus grande sottise qu'il eût pu faire, car *le voisinage* de lord Dudley servait simplement à rendre visibles toutes les imperfections qu'il pouvait facilement dissimuler loin de lui.

Le fait est qu'un mauvais génie semblait s'attacher à Charles, chaque fois qu'il voulait entrer en lutte avec son ami. En toutes choses, lord Dudley avait l'avantage.

S'ils faisaient courir tous deux, soit à Chantilly, soit au Derby, le cheval du jeune lord l'emportait sur celui du baron. C'était peu de chose, sans doute, — d'une demi-tête, — mais c'était assez pour que Charles perdît son pari. Ils étaient joueurs tous deux, beaux joueurs, gros joueurs surtout. L'un et l'autre savaient perdre avec calme ; mais lord Dudley seul savait gagner avec insouciance — et absolument du même air que lorsqu'il perdait.

Enfin on prétendait que la rivalité avait aussi existé sur le terrain de la galanterie, — et cette fois l'amour-propre avait été bien autrement surexcité

que dans des luttes de toilette, de courses ou de
paris; là encore Charles avait été battu par son ami.

Comme on le voit, lord Dudley avait en toutes
choses conservé l'avantage sur Charles; aussi ce
dernier avait-il juré de se venger d'une façon écla-
tante de sa longue infériorité.

D'après son calcul, le moment était enfin venu de
prendre sa revanche. En homme habile, accoutumé
à mettre en usage tous les moyens qui font réussir
une intrigue amoureuse, il avait envisagé du premier
coup les avantages que, cette fois, lui donnait lord
Dudley auprès de Diane. Aussi ne manquait-il pas
chaque jour de faire visite à lady Dudley, sûr qu'il
était de ne pas rencontrer son ami.

Lorsque lady Dudley se plaignait à lui de l'absence de son mari, il lui répondait :

« Allons, milady, du courage! ne vous laissez pas
abattre ainsi. L'égarement de votre mari ne sera que
passager... Bientôt il reconnaîtra ses torts, et vous
le verrez repentant à vos pieds. Votre douleur est légitime, sans doute; mais elle ne peut réparer un
malheur accompli, auquel d'ailleurs vous deviez
vous attendre. Ce langage vous surprend, je le vois.
Jeune et belle, réunissant en vous tout ce qui peut
séduire et charmer, vous avez peine à comprendre
qu'après le bonheur d'être votre époux, on puisse
désirer autre chose. Cela est très-étrange, en effet;
et je conçois qu'il vous soit pénible d'y croire. Mais
rappelez-vous ce que l'on vous a dit plus d'une fois
avant votre mariage : lord Dudley est un homme

de talent, presque un artiste. Aujourd'hui que le malheur est arrivé, je vous prie, au nom de mon amitié pour lui, de ne pas le juger d'après les règles ordinaires. Voyez-vous, milady, les hommes de talent, les artistes sont des *étoiles errantes* que nulle puissance ne saurait fixer. Promptement blasés sur leur félicité présente, il faut à leur inconstante imagination le nouveau, le lointain et l'inconnu. A la place de lord Dudley, un autre eût borné ses vœux à vous plaire ; un autre, loin de trahir votre tendresse, n'eût cherché qu'à s'en rendre digne par une adoration sans partage ; un autre enfin, et je parle ici d'après ce que j'éprouve moi-même, un autre vous eût aimée comme vous méritez de l'être, ardemment, uniquement, éternellement. S'il ne l'a pas fait, c'est qu'une telle manière de sentir, pleine de dévouement, d'abnégation, ne s'accorde pas avec l'égoïsme plus ou moins inconscient qui sert toujours de mobile au talent. En dehors de l'existence qu'il partage avec vous, et qui devrait être si parfaitement heureuse, votre mari croit à une destinée qu'il doit se faire à lui seul, et où il ne pourrait vous admettre sans nuire à son essor. En vous dérobant ainsi une partie de sa vie, tandis que vous lui donnez la vôtre tout entière, il ne fait qu'obéir aux lois impérieuses de son organisation d'artiste. »

— Monsieur, murmura Diane, en imprimant à ses paroles un accent plus sourd encore que celui du baron, ne me parlez pas ainsi, je vous en conjure ; lord Dudley est votre ami...

Après un court silence, elle ajouta : » Pardon, je suis un peu souffrante ; j'ai besoin de solitude..... »

— Eh ! madame, la solitude existe aussi bien à deux qu'à seul. Que faut-il pour cela ? que deux cœurs aient une seule pensée, voilà tout ! Or, si mon cœur se fait le reflet du vôtre, vous êtes seule, bien que nous soyons deux.

— Pour que cela fût ainsi, dit Diane, il vous faudrait savoir ce qui se passe dans mon cœur.

— Croyez-vous, madame, que vous soyez arrivée à cet âge de la vie où l'on sache dérober ses impressions aux yeux d'un homme intéressé à les connaître ? Oh non ; vous êtes encore trop pure pour cela, et je lis dans votre cœur comme dans un beau livre ouvert.

— Eh bien, monsieur, qu'y voyez-vous, si ce n'est une profonde tristesse ?

— Oui, sans doute, mais tout effet a une cause : je remonte à cette cause.

Diane tressaillit. Elle sentait que le baron touchait du doigt cette plaie vive et saignante qu'elle voulait cacher à tout le monde et qu'elle aurait voulu se cacher à elle-même.

— Vous êtes triste, milady continua le baron, parce que le besoin d'une femme jeune et belle est d'aimer et d'être aimée. Vous êtes triste parce que vous vous êtes aperçue que vous n'étiez pas aimée comme vous désiriez l'être, et que vous-même n'aimez point comme vous croyiez aimer, parce que, ayant sous les yeux l'infidélité de lord Dudley et

mon amour sincère, vous avez pu comparer l'indifférence au véritable dévouement.

Diane regarda le baron avec une espèce de terreur. Il était impossible de lire plus juste dans sa
pensée.

— Monsieur, dit-elle, incapable de dissimuler
plus longtemps son émotion, qui donc vous a donné
ce pouvoir étrange?...

— De lire dans vos sentiments, madame? Un
amour profond, un amour digne de vous!

— Ah! monsieur, par pitié, je vous en conjure,
murmura la jeune femme en rappelant toutes ses
forces et en faisant un mouvement pour s'éloigner.

— De la pitié, répéta le baron en baissant la voix
pour donner, par le mystère, plus d'entraînement
à ses paroles, de la pitié! En a-t-il eu pour vous,
lui, le mari d'une femme charmante, dont il a juré,
à la face de Dieu, de faire le bonheur? Il l'abandonne! Et pour qui? pour une autre femme qui lui
donne, non pas l'équivalent de ce qu'il perd : une
seconde Diane n'existe pas! Non! il l'abandonne
pour une courtisane! Il n'a de repos, de bonheur,
de joie qu'auprès d'elle, malgré le dévouement de
lady Dudley, qui en ce moment crie : pitié! Vous
qu'il oublie lâchement, pourquoi lui accorderiez-
vous un souvenir? Pourquoi le lien qu'il brise vous
enchaînerait-il encore? Quand vous n'avez qu'à vouloir pour trouver un amour que votre cœur lui a
vainement demandé, pourquoi vous effrayer, pourquoi craindre, pourquoi me repousser? N'ai-je pas

respecté les devoirs de l'ami, madame, tant qu'il a
respecté ceux de l'époux? Croyez-vous que je vous
aime depuis hier? Croyez-vous que cet amour me
soit venu tout à coup, en voyant vos larmes et en
devinant la cause de votre tristesse? Non, madame,
détrompez-vous! Je vous aime depuis le jour où je
vous ai vue; mais alors, je vous croyais heureuse
comme vous méritez de l'être. Je savais la liaison
de votre mari avec Flore... C'est la première fois
que je vous la nomme !

— Flore, répéta Diane, en portant la main à son
cœur, comme si elle eût voulu en comprimer les
battements. — Ai-je par un seul mot, par une
seule parole, laissé soupçonner la trahison de lord
Dudley?

— Voyons, madame, rendez-moi cette justice:
c'est lorsque vous avez eu la preuve irréfragable que
le cœur de votre mari ne vous appartenait plus que
je vous ai parlé de mon amour. Et encore, maintenant, qu'est-ce que je vous demande? D'avoir en moi
la confiance que vous auriez en un frère; de vous
reposer sur moi comme sur un ami, de me laisser
vous aimer, de me laisser vous le dire, voilà tout.
Vous ne répondrez point à ce sentiment si vous ne
le voulez pas; mais vous saurez du moins qu'en
échange d'un cœur ingrat vous en avez trouvé un qui
vous est tout dévoué.

— Monsieur, dit lady Dudley en essayant de
dégager sa main de celle du baron, laissez-moi ; au
nom du ciel; partez! En vous écoutant plus long-

temps, je sens que nous serions coupables tous deux !.....

— Coupables ! nous le serions, oui, si l'amour de votre mari, en vous donnant le bonheur, vous défendait l'espérance d'un avenir meilleur. Mais il n'en est pas ainsi, heureusement ; sa folle passion pour cette femme vous rend toute liberté. Accordez-moi donc encore quelques instants ! Qui sait quand je vous trouverai seule ! Quand cette heureuse occasion me sera-t-elle donnée de vous confier tout ce que j'ai encore à vous dire ?...

— Mon Dieu ! murmura Diane à travers ses larmes, mon oncle, mon second père, où êtes-vous ?

— Vous parlez sans doute du comte de Cintray, reprit le baron de Longcourt. Eh bien ! je vais vous dire où il est. En ce moment il est avec votre mari chez Flore.

— Chez Flore ! répéta Diane. Tout le monde est donc chez cette femme ?

— N'est-elle pas la femme à la mode, la lionne du jour ? reprit cruellement le baron.

— Vous dites que mon oncle la connaît ?

— Je dis plus : je dis qu'en ce moment il est chez elle !

# III

## LE COMTE DE CINTRAY

— Vous vous trompez, monsieur, dit derrière le baron une voix calme et grave ; le comte de Cintray est ici !

Diane jeta un cri de surprise.

Le comte de Cintray reprit :

— Monsieur le baron, vous m'avez méconnu ; vous avez méconnu le comte de Cintray. Comprenez-vous bien ce que ce nom prononcé de la sorte veut dire ?

Maintenant, continua le comte en désignant Diane, regardez bien ma fille adoptive, et souvenez-vous toute votre vie de la rougeur dont vous venez de couvrir son front !

Puis, d'un geste calme il lui montra la porte.

Dès que le comte de Cintray se trouva seul avec

lady Dudley, il lui prit les mains, et lui dit d'une voix légèrement émue:

— Je ne vous écoutais pas, Diane ; j'ai entendu sans le vouloir les paroles menteuses d'un faux ami. Avez-vous oublié, ma Diane, que le séducteur de la jeune fille peut quelquefois réparer sa faute ; jamais le corrupteur de la femme mariée ne peut racheter son crime. Une jeune fille qui tombe dans le piége n'est qu'une fille déshonorée ; une femme qui tombe ne peut plus se relever.

Le comte de Cintray était un homme de haute taille, très-simplement vêtu ; il paraissait âgé de quarante ans. Ses cheveux commençaient à grisonner ; son teint était très-basané, le pli profond qui creusait un sillon entre ses sourcils noirs, droits et prononcés, lui donnaient une physionomie dure et hautaine, bien que ses traits, d'ailleurs très-réguliers, eussent pu, dans d'autres temps exprimer des sentiments plus doux. Il était impossible, de prime abord, de dire si sa physionomie était triste ou sévère.

Le comte de Cassy, son beau-frère, lui avait, en mourant, confié Diane dont la mère était morte en la mettant au monde. Le comte fit serment d'adopter l'orpheline et de veiller sur elle comme sur sa propre fille. Il s'était opposé au mariage de Diane avec lord Dudley ; mais Diane l'aimait, il fallut céder. Le jour où elle devint lady Dudley, le comte de Cintray prit le jeune lord à part, et lui dit:

— Ayez pitié d'elle ! Vous êtes jeune, tout bon

sentiment ne peut être éteint dans votre cœur. Grâce pour Diane ! grâce pour tant de candeur !

Lord Dudley se borna à hausser les épaules. Ce mouvement n'échappa pas au comte, qui d'une voix ferme reprit :

— Milord, si vous ne réparez pas votre vie passée ; si par la tendresse la plus reconnaissante, si par une adoration de tout instant, vous ne vous rendez pas digne de cet ange, je vous préviens que vous aurez affaire à moi.

— Monsieur ! s'écria lord Dudley, pâle de colère.

— Oh ! reprit le comte en l'interrompant les regards furieux ne m'en imposent pas. J'en ai dompté de plus farouches que vous. Je vous le répète, d'après votre vie passée, vous êtes indigne de comprendre et d'apprécier les qualités de cette enfant. Dans six mois, vous la traiterez aussi brutalement que vos maîtresses, si toutefois je n'y mets ordre !

Puis, attirant doucement Diane sur sa poitrine, il la tint embrassée pendant quelques instants et lui dit :

— Sois tranquille, mon enfant, je veillerai sur toi. Partout où tu iras j'irai. Je serai ton génie tutélaire. Ici, je déclare une guerre acharnée, sans merci ni pitié, à celui qui fera couler une seule de tes larmes. Mes cheveux blanchissent, mon front est ridé ; mais Dieu m'a laissé l'énergie du cœur, du courage et du dévouement. Hélas ! pauvre enfant, j'ai juré à ton père de veiller sur toi. Par le ciel, je tiendrai mon serment !

L'air, la voix, l'accent du comte étaient si menaçants, que, malgré toute son audace, lord Dudley
n'osa proférer un seul mot.

— Oui, je serai près de toi, afin de rappeler à celui
qui l'aurait oublié le danger que l'on court en s'at-
taquant à ceux que j'aime. Maintenant, adieu mon
enfant! adieu, ma Diane!

Il se retira à pas lents.

Le comte de Cintray avait tenu scrupuleusement
sa parole en rendant de fréquentes visites à lady
Dudley.

Bien que Diane souffrît depuis longtemps, elle
n'avait pas prévenu son oncle. La pauvre femme
espérait qu'à force d'amour elle ramènerait son
mari. Puis, elle était mère.

En revoyant son oncle, qu'elle n'attendait pas, elle
ne put retenir un cri.

Mais dès que le baron de Longcourt fut parti, elle
se jeta dans les bras du comte, qui la serra contre
son cœur.

— Combien je suis malheureuse! dit-elle en pleurant à chaudes larmes.

Diane, mon enfant, dit le comte d'une voix triste,
le malheur est accompli. Maintenant, courage! Plus
que jamais il me reste à veiller sur vous. Si je le
puis, j'attendrai les suites de ce fatal mariage, et
j'empêcherai les malheurs que j'avais prévus. Vous
voyez, ma Diane, que j'ai veillé sur vous!

— Mon oncle, murmura la jeune femme, en se
laissant tomber sur un siége, au nom de votre ami-

tié, emmenez-moi chez vous, car je n'ai plus la force de souffrir.

— Diane, mon enfant, vous avez vingt ans à peine. En quittant votre mari, vous aurez devant vous une vie isolée, sans famille, sans liens. A cette heure, mon amitié vous suffit; vous êtes dans un état de transition qui vous fait croire à l'apaisement par l'absence; cet état négatif ne durera pas, et dans la solitude votre cœur s'éveillera. Et pourtant, mon enfant, un jour votre mari aura besoin d'être pardonné; et pour pouvoir pardonner il faut ne pas avoir failli. Votre devoir à vous, femmes du monde, portant un grand nom qui n'est pas le vôtre, mais celui de l'homme à qui vous devez votre existence, votre devoir est de pleurer en silence, de vous réfugier dans la pureté de votre vie, de prier, d'espérer et d'attendre.

— D'attendre! s'écria Diane, dans un sanglot; eh! que puis-je attendre, maintenant qu'une malheureuse passion a tué l'amour dans mon cœur!

— Tué l'amour dans votre cœur; mais, pauvre enfant, vous n'avez jamais aimé.

— Mais, mon oncle!

— Mais, ma Diane!... Dieu ne veut pas qu'il dépende du premier misérable venu d'allumer ou d'éteindre dans un cœur tel que le vôtre le plus divin de tous les sentiments, celui qui demande l'emploi des plus rares, des plus magnifiques facultés de l'âme.

— Comment! je n'ai pas aimé? dit Diane; mais qu'ai-je donc éprouvé? Pourquoi cet anéantisse-

ment du cœur? Pourquoi cette mort de toutes mes
espérances?

— Vous avez pris l'épuisement de la douleur pour
l'anéantissement du cœur. Est-ce que le cœur
s'anéantit, est-ce que l'on renonce à tout espoir, et à toute espérance quand on n'a rien à
regretter?

— Rien à regretter mon oncle?

— Non, rien! Vous avez beaucoup à déplorer,
mais heureusement rien à regretter. Aussi l'avenir
vous reste-t-il tout entier avec ses horizons sans
limites.

— L'avenir, répéta Diane avec un sourire
amer.

— Sans doute, l'avenir; pourquoi non? Dites-
moi qu'une passion noble, grande, profonde, généreusement partagée, mais brusquement brisée par un
événement surhumain, laisse dans l'âme des regrets
éternels et la ferme à toute espérance, je vous croi-
rai. Oui, ces regrets seront éternels parce que leur
cause sera pure; parce qu'au lieu de les étouffer, on
les entretiendra pieusement, éternels parce qu'on y
trouve l'amère volupté que donne la conscience d'une
douleur inconsolable; mais cette pieuse fidélité au
culte du passé prouve-t-elle que l'amour est éteint
dans le cœur? Au contraire, elle prouve qu'il n'y a
jamais brûlé plus pur ni plus ardent. Eh bien, avez-
vous ressenti quelque chose de pareil? Non, sans
doute. Après avoir affreusement souffert, vous voulez fuir le souvenir de vos souffrances.

— Mais, dit Diane, si fatal, je vous l'accorde, que soit mon amour, j'aime mon mari.

— Eh! mon Dieu, il y a des surprises du cœur comme il y a des surprises des sens.

— Mais, en ce moment, je ressens toutes les tortures de la jalousie !

— Vous vous trompez sur la jalousie comme sur l'amour.

— Je me trompe?

— Oui, mon enfant, l'ingratitude; l'abandon de votre mari vous a bien plus révoltée que son infidélité.

— Mais pourquoi n'aimerais-je pas mon mari, le père de mon enfant?

— Parce qu'il est indigne de vous.

— Comment, vous croyez qu'on n'aime véritablement que les personnes dignes de soi?

— Je crois que toi, Diane, la fille du comte de Cassy, tu ne peux aimer véritablement qu'un homme digne de toi.

— Mais pourquoi moi, plus que tout autre, dois-je aimer ainsi ?

— Parce que l'amour doit être pour toi, comme pour les âmes d'élite, je te le répète, un magnifique échange de généreux dévouements.

— Pourquoi voulez-vous me donner cette conviction que mon cœur a été surpris et que je ne puis aimer que quelqu'un digne de moi?

— Je veux te donner cette conviction pour te ramener à l'espoir d'être heureuse.

— Mais qui vous dit que je trouverai cet homme digne de moi, et qui vous dit que je l'aimerai?

— Diane, dit le comte en secouant tristement la tête, tout me le dit; ce sera une des exigences de votre position; mais votre caractère, vos principes sont tels, que lorsque vous aimerez, il faudra que non-seulement vous puissiez avouer hautement votre amant, mais vous en glorifier à la face du monde.

— Un tel amour est rare, dit Diane.

— Oui, reprit le comte, et l'homme digne de le faire naître plus rare encore. Lorsque vous rencontrerez un de ces hommes, vous l'aimerez. Tout vous y poussera, le besoin de votre cœur, la fierté de vous sentir aimée. Ainsi les mystérieux effluves de l'infini rapprochent et confondent les âmes supérieures!...

Il se fit un long silence. Le comte le rompit.

— Soyez tranquille, Diane : grâce à mes soins, lord Dudley, un instant égaré, reviendra à vous. Que vous reprochera-t-il? De n'avoir pas su l'aimer? Eh bien! vous lui prouverez que vous avez un cœur digne de comprendre et de ressentir qu'une femme jeune et belle, toute délaissée qu'elle soit, ne doit jamais donner lieu à la calomnie, et que vous n'avez point abusé de votre liberté pour profaner son nom.

— Oui, dit Diane, il y aura pour moi, sans doute, quelque mérite de porter dignement le nom que j'ai malheureusement choisi.

— Maintenant, mon enfant, allez prendre un peu de repos. Je vais chercher votre mari, afin d'avoir une explication avec lui.

Le comte embrassa Diane au front et promit de la revoir le lendemain.

En la quittant, il se rendit chez Flore, où il était sûr de trouver lord Dudley.

# IV

## FLORE

Flore habitait un splendide hôtel dans un des plus beaux quartiers de Londres, dans Portland square.

— Annoncez-moi, dit le comte au domestique ; et dès que je serai parti vous remettrez cette lettre à miss Flore.

Le comte fut immédiatement introduit. Il trouva lord Dudley et Flore qui furent tous deux assez surpris de le voir. Il ne connaissait pas Flore. Peut-être l'eût-il trouvée belle si, selon lui, elle n'eût fait le malheur de Diane. Aussi se résolut-il à porter un grand coup dès le début.

— Je vous demande pardon, madame, de me présenter si tard chez vous, mais lady Dudley est indisposée ; je venais chercher lord Dudley que je savais ici.

Du moment qu'il était tard pour se présenter, il était tard pour rester. Flore le comprit : chose assez remarquable, elle rougit. C'est à peine si elle put soutenir le regard loyal du comte. Surmontant son émotion et s'adressant à son amant :

— Je ne vous retiens pas, milord : j'espère que l'indisposition de lady Dudley sera sans gravité.

Flore ne savait pas que lord Dudley fût marié. Aussi avait-elle compris que le comte en parlant de lady Dudley avait parlé de la mère de son amant.

La porte était à peine fermée qu'une de ses femmes lui remit la lettre du comte.

Le comte était en deuil. Cette lettre était cachetée de noir.

— Mon Dieu ! pensa-t-elle, lady Dudley est morte, et c'est moi qui l'ai privée des dernières caresses de son fils.

Toute tremblante elle décacheta la lettre du comte et lut.

« Une noble famille est plongée dans le désespoir depuis que lord Dudley vous aime. Soyez aussi bonne que vous êtes belle, madame ; rendez non-seulement un mari à sa femme mais un père à son enfant. »

Flore venait de passer trois heures pleines de ces rêves dorés comme elle en faisait depuis qu'elle connaissait lord Dudley. Elle qui aimait le jeune lord sans arrière-pensée, elle ne pouvait avoir même l'ombre d'un de ces remords qui, de temps à autre, mordaient son amant au cœur. Non, chez elle la félicité était complète, immense, infinie....

Le coup fut donc terrible, la nouvelle foudroyante. Elle relut une seconde fois la lettre que d'abord elle n'avait pas comprise. Quand elle eut achevé, elle tomba évanouie. Lorsqu'elle revint à elle, sa première pensée fut le doute. Était-il bien possible que lord Dudley lui eût caché un pareil secret? Était-il bien possible que chaque fois qu'il la quittait, elle, sa maîtresse, elle qu'il disait aimer de toutes les puissances de son âme, était-il bien possible que ce fût pour retourner près de sa femme ?

Lord Dudley était-il donc un homme comme les autres? Il pouvait donc avoir deux amours à la fois! Il pouvait lui aussi dire : je t'aime! et ne pas aimer? C'était impossible. Flore rêvait mille moyens de se convaincre de la vérité, car ce qu'il y avait de plus terrible pour elle c'était le doute.

Au même moment on annonça miss Smith, que ses cheveux rouges avaient, depuis quelque temps, mise à la mode. Le premier mouvement de Flore fut de défendre sa porte. Mais peut-être miss Smith allait pouvoir lui donner quelques renseignements sur le prétendu mariage de lord Dudley. S'il était marié, la femme du jeune lord devait aller dans le monde, à l'Opéra, à Hyde-Park, enfin partout où elle n'allait plus depuis qu'elle aimait lord Dudley.

— Mon Dieu ! dit miss Smith en entrant, que devenez-vous donc, chère belle? Il y a des siècles

qu'on ne vous a vue ; cependant vous savez combien l'on vous aime !

Sans lui répondre, Flore la fit asseoir près d'elle
et, d'une voix tremblante, lui dit :

— On m'a vanté l'autre jour la beauté de lady
Dudley, j'ai soutenu qu'elle n'était pas jolie... Dites-
moi comment vous la trouvez, vous qui savez si
bien juger les femmes ?

Et, frémissante d'angoisse, elle attendit la réponse qui devait être sa vie ou sa mort. Son âme
tout entière était suspendue aux lèvres de son
amie.

— Chère belle, vous savez bien qu'entre femmes
nous n'avouons pas facilement ces choses-là ; je vous
dirai cependant que lady Dudley est charmante.
Aussi n'est-il question que de la passion miracu-
leuse qu'elle a su inspirer à son mari, ce brillant
lord Dudley que vous avez dû rencontrer çà et là
autrefois, et qui depuis son mariage va à peine dans
le monde.

Cette réponse faite du ton le plus naturel ne laissa
aucun doute à Flore. Lord Dudley était donc bien
marié ; sa femme était jeune et jolie, son amour
pour elle devenu proverbial....

— Oh ! le mal est là, pensa-t-elle, en appuyant
fortement la main sur son cœur prêt à se briser. Je
n'aurai jamais ni la force, ni le courage, ni la volonté de le voir heureux ! La haine doit succéder à mon
amour. Oui, je le sens, il faut que ma haine triomphe ou que je succombe !

Prétextant une visite, miss Smith prit congé de son amie et lui promit de la revoir sous peu.

Lorsqu'elle fut seule, Flore éclata en sanglots, cependant à mesure que l'heure approchait où, suivant son habitude, lord Dudley devait venir, ses larmes se séchèrent sous l'envahissement de la colère. Il lui sembla même que les dernières étaient de feu, tant elles lui brûlaient les paupières. A chaque voiture qui approchait, elle croyait entendre celle de son amant. Tout son être tressaillait; on eût dit que les roues lui passaient sur le cœur. Cependant, à chaque nouveau bruit, elle souriait tristement et murmurait tout bas : nous verrons ce qu'il va dire ; nous verrons ce qu'il va répondre !

Ce fut un malheur pour lord Dudley que l'attente de Flore fût trompée. Il ne vint pas cette nuit-là. S'il était venu comme d'habitude, il est probable qu'elle lui eût dit : mylord ! vous êtes un lâche ! Vous trompez deux femmes à la fois : lady Dudley et moi !

Mais il ne vint pas.

# V

## LA VENGEANCE DE FLORE

Trop torturée par ses propres impressions pour trouver une cause probable à l'absence de son amant, le jour où son bonheur lui était si cruellement arraché, se méprenant sur un sentiment qui ressemblait à de l'indifférence, elle s'écria :

Malheur à lui et à tout ce qui le touche ! Lui et ses amis m'ont fait la réputation d'une courtisane. A partir d'aujourd'hui tu verras, lord Dudley, ce que la courtisane peut faire. A moi ta fortune, ton honneur, et ton amour! A toi et à lady Dudley ma haine et ma vengeance ! Je veux que désormais tu m'aimes comme tu aimes le jeu. Je veux être pour toi une source incessante d'émotions poignantes, de désordres, de craintes, de rages, de haines, d'espoirs, d'extases et de triomphes ! Je veux qu'après des journées d'attente cent fois trompée, je veux que, comme au jeu, où tu risques des monceaux d'or sur une carte, que tu risques aussi des sommes immenses pour un seul de mes sourires, et que, comme au jeu, tu ne ressentes jamais les âpres joies du gain.

Alors, elle éprouva ce sentiment bizarre mais inévitable qui pousse presque toujours une femme entretenue à duper celui qui la paye. Ceci n'est pas un paradoxe ; c'est un fait incontestable et sans exception. Il est vrai que quand la femme a cessé d'être un ange, qu'elle a quitté la voie droite, la vie honnête, elle ne donne plus son cœur; elle le jette au hasard. Donc Flore chercha; et jamais dicton ne fut plus vrai que : « Cherchez et vous trouverez. »

Je prie mes lecteurs de croire que, sans le désir, sans l'espoir de tirer un salutaire enseignement de la hideuse perversité de cette femme qui, en ce moment, rêvait mille moyens de se venger de lady Dudley, par la raison absurde qu'elle était la femme de son amant, je leur aurais épargné la révoltante analyse d'une pareille personnalité. Il faut donc que je sois soutenu par la moralité du but pour me résigner à faire ce récit. Erreur de penser que l'écrivain moraliste ne se sert de la peinture du mal que pour faire un saisissant contraste avec l'image du bien ; un mélange d'ombre et de lumière à la manière de Rembrandt. Quelques écrivains de génie ont entouré de tant de poésie les plus dangereux caractères que, grâce à eux, le crime est devenu sympathique et le vice attrayant. Dieu me préserve de ce genre de littérature qui a déjà porté plus d'un coup mortel à la morale publique. Si je suis forcé de « raconter des actions hideuses, c'est afin d'en inspirer l'horreur et d'en montrer le châtiment final.

Que ceux qui me lisent aient donc confiance ; car s'il en était autrement je trouve que ce serait une indignité de ma part que de chercher à captiver l'intérêt de ceux qui ont l'amour du bien et la haine du mal.

# VI

## MADEMOISELLE DE LAMARRE

Maintenant deux mots sur l'origine de Flore, qui en ce moment est la courtisane la plus élégante de Londres.

Il est bien rare qu'une femme distinguée devienne un sujet de scandale. C'est pourquoi le jour où Blanche de Lamarre s'aperçut qu'elle portait en son sein le fruit d'un amour coupable, sa première pensée fut de s'agenouiller devant son père et de lui dire : ne maudissez pas celle qui vous a frappé dans ce que vous aviez de plus cher au monde. C'est à genoux, les mains jointes, que je vous demande pitié ! Pitié pour mon enfant et pardon pour votre fille coupable !

Mais elle se représenta son père courbé sous le poids du déshonneur et n'eut pas le courage de parler.

2'

A quelque temps de là, elle prit la résolution de fuir. Un soir, après avoir pris congé de son père, elle se mit à genoux et récita la prière que sa mère lui avait apprise dans son enfance.

Quand elle eut fini, elle se releva l'esprit libre, l'âme soulagée, le cœur sanctifié. Elle s'arrêta un instant, regarda autour d'elle avec un doux et triste souvenir ; puis elle prit une plume et se mit à écrire : « Mon père, priez pour votre fille, pardonnez lui le coup qui vous tue ; plaignez-la de n'avoir pas eu le courage de mourir. »

Elle s'enveloppa d'un châle, prit son chapeau et descendit légèrement dans le vestibule où sa femme de chambre devait l'attendre pour la conduire chez une sage-femme.

En passant devant la chambre de son père, il lui sembla entendre un soupir, presque un gémissement. Toute tremblante, elle ouvrit doucement la porte et s'approcha du lit.

Le vieillard dormait d'un sommeil agité : il rêvait sans doute. Deux fois il prononça le nom de sa fille. Blanche s'agenouilla, mais ses lèvres se refusèrent à prononcer aucune parole. Elle mit un baiser sur la main de son père qui, en ce moment même, poussa un nouveau soupir.

Mademoiselle de Lamarre comprit qu'elle ne pouvait prolonger d'un instant cet adieu suprême. Elle se leva en refoulant au fond de son âme, les sentiments prêts à déborder; elle sortit comme une ombre...

Lorsqu'elle eut rejoint sa femme de chambre, elle lui dit :

— As-tu trouvé un cab ?

— Oui, répondit-elle ; la voiture est à quelques pas de la maison, et madame Leroy est prévenue de l'arrivée de mademoiselle pour cette nuit. Mais, reprit la femme de chambre, mademoiselle n'a que son châle, pas de pelisse, pas de manteau.

— N'importe ! partons !

Le ton dont Blanche prononça ces mots interdit à la femme de chambre toute observation nouvelle. Aussi se hâta-t-elle de marcher devant sa maîtresse en la guidant du vestibule dans le jardin. A quelques pas de la maison du jardinier, laquelle donnait sur la campagne, il y avait une petite porte entr'ouverte. Arrivée au seuil de cette porte, mademoiselle de Lamarre aperçut le cab qui lui était destiné. Blanche et sa femme de chambre y montèrent.

La pauvre demoiselle jeta un dernier adieu à ces lieux qui l'avaient vu naître et qu'elle quittait furtivement.

Perdue dans ses réflexions elle resta insensible au cahot de la voiture qui enfin s'arrêta devant une petite maison. La porte s'ouvrit aussitôt, sans que mademoiselle de Lamarre pût se rendre compte de la distance parcourue ni du temps écoulé.

Dès que Blanche fut arrivée chez madame Leroy, elle remit à sa femme de chambre la somme qu'elle lui avait promise pour l'aider à fuir le juste courroux de son père. Il était convenu que cette fille retournerait dans son pays. Ainsi donc le secret de mademoiselle de Lamarre devait rester caché aux yeux du monde.

Après le départ de Mary, Blanche se voyant seule se mit à pleurer à chaudes larmes.

— « Voyons, mon enfant, ne pleurez pas ainsi, » lui dit affectueusement la sage-femme.

# VII

## MADAME LEROY

Madame Leroy est une femme qui paraît avoir la quarantaine. Elle a été jolie. C'est une brune piquante dont le regard vif et mutin faisait jadis bien des victimes. Mais, hélas! le temps a passé par là, ce n'est pas que les traits de madame Leroy soient beaucoup changés; ses yeux sont encore très-vifs, son nez assez fin, ses cheveux toujours noirs, quand même; mais ce qui fait son malheur, c'est un embonpoint exubérant qui est venu envahir sa taille, enfler son corsage; ses traits ont même subi l'influence de cette belle santé; les joues sont rebondies, le menton s'est triplé, le col s'est raccourci et son teint est devenu cramoisi; en un mot, en la voyant on ne manque pas de lui dire: Quelle belle santé, on n'a pas besoin de vous demander comment vous

vous portez. » A ce compliment la sage-femme es-
saie de sourire et répond : « En effet, je ne suis pas
« souvent malade. » Mais au fond du cœur elle
gémit d'être devenue comme une boule et subirait
volontiers une forte maladie pour retrouver sa tour-
nure d'autrefois.

Cependant comme les femmes se font toujours
illusion sur elles-mêmes, madame Leroy est loin de
se croire une tour, ainsi que l'appellent ses bonnes
amies, et quand elle se regarde dans la glace, elle
s'adresse encore un sourire de satisfaction. En somme, elle est restée bonne femme ; cela suffit.

Elle se mit donc à embrasser et à consoler mademoiselle de Lamarre et la conduisit dans la chambre
qu'elle lui avait fait préparer ; elle lui dit de prendre courage, que Dieu n'abandonnait pas ceux qui
souffrent, et la voyant plus calme elle lui souhaita
une bonne nuit.

Dès que Blanche se trouva seule, elle se mit à
genoux et pria pour son père ; puis elle se jeta
sur son lit pour prendre le repos dont elle avait tant
besoin.

Soit qu'il fût temps que la jeune fille reçût les
soins de la sage-femme, soit que les émotions qu'elle
venait d'éprouver eussent avancé sa grossesse, elle
ressentit dans la nuit les douleurs de l'enfantement.
Madame Leroy fut réveillée par ses plaintes et se leva
aussitôt. Elle reconnut que sa nouvelle pensionnaire
allait être mère. Deux heures plus tard la sage-
femme fit mander un docteur, car elle avait constaté

que l'accouchement serait laborieux. Le docteur était sorti et ne se rendit auprès de la patiente que vers le matin. Il ne tarda pas à se convaincre que l'état de Blanche était grave et prit toutes les dispositions nécessaires. Enfin mademoiselle de Lamarre donna le jour à une petite fille. Peu de temps après sa délivrance, elle jeta un cri de douleur et d'une voix éteinte elle dit à madame Leroy.

— Je sens que dans quelques instants mon enfant n'aura plus de mère.

— Prenez cette bague, et, retirant une alliance de son doigt, elle ajouta : faites la parvenir à mon père. Les lettres qui y sont gravées lui apprendront le nom de mon séducteur. Dites-lui que mon dernier mot, fut son nom chéri et qu'en souvenir de ma mort il prenne soin de cette innocente créature qui, après tout, est sa petite-fille.

Et par un mouvement convulsif elle prit et serra sur son cœur son nouveau-né. La jeune mère avait mis dans cette étreinte tout ce qui lui restait de vie; car elle tendit machinalement sa main déjà froide au docteur, et faisant un dernier effort elle murmura: « Mon père se nomme le comte de La..... » En voyant qu'elle n'achevait pas, les deux témoins de cette scène se penchèrent sur elle. Le docteur se redressant tout à coup s'écria : « Ah, mon Dieu, elle est morte!... » Madame Leroy bien que très-émue fit observer au médecin qu'elle ne pouvait se charger de l'enfant et qu'elle le porterait aux Enfants trouvés. Après quelques instants de réflexion, le docteur lui dit d'un air grave, qu'il allait faire tous ses efforts pour retrouver le père de l'infortunée mère afin de donner un protecteur naturel à l'orpheline. La sage-femme lui fit remarquer ce qu'il y aurait de difficulté dans cette recherche. « Si je ne puis y parvenir, » dit le docteur, « j'adopterai l'orpheline, » et prenant congé d'elle, il la pria d'envoyer le baby chez lui, ce qu'elle s'empressa de faire.

A sa rentrée, il trouva sa petite protégée qu'il mit sur les genoux de sa femme, en lui disant : « Je savais bien que tôt ou tard, nous aurions un « enfant ». Et il lui raconta ce qui venait de se passer.

Comme on le voit, le docteur était guidé par un sentiment généreux, il n'en était pas de même de sa femme, qui déposa le baby sur le sofa, et s'écria : « Si je n'ai pas d'enfant à moi, je ne veux pas être l'esclave de celui d'une autre. » Le bon docteur vit qu'il fallait se résigner à abandonner sa petite protégée.

# VIII

## LE MARQUIS DE CHELSEA

Au même instant, le domestique annonça le marquis de Chelsea. Celui-ci, s'inclina devant la maîtresse de la maison et après avoir ôté le gant de la main droite, serra cordialement celle du docteur et lui demanda:

— Que vous est-il donc arrivé? Vous, toujours si gai, vous voilà abattu, pâle et tremblant comme une jeune fille qui bégaie son premier mot d'amour.

Et le marquis éclata de rire si franchement que, tout contrit qu'il fût, le docteur partagea son hilarité. Cet accès de folle gaieté passé, le marquis lui répéta sa question. Alors, le docteur lui fit le récit de la triste scène à laquelle il avait pris part et du refus de sa femme d'adopter le nouveau-né. Après quelques instants de réflexion le marquis de

3

Chelsea lui dit d'un air moitié sérieux et moité moqueur.

— J'ai, ce matin, sauvé la vie à un petit chien que l'on voulait noyer ; cette petite bête était si gentille ! On eût dit une petite boule de neige avec un pétale de rose.

— Mais, demanda le docteur, quel rapport il y a-t-il entre votre chien et l'enfant?

— Le voici, cher docteur, si votre petite fille est aussi mignonne que mon chien, je l'adopte. Faites un peu voir son petit museau.

— Que vous êtes bon ! mon cher marquis, dit le docteur, les larmes aux yeux, en prenant la fille de Blanche délicatement et la lui mettant sous le nez. N'est-ce pas qu'elle est gentille? Le marquis ne fut pas aussi enthousiaste de la beauté du nouveau-né ; cependant il finit par dire :

— Décidément, aujourd'hui je monte ma maison. Ce matin un chien, cet après-midi une fille, qu'est-ce que la soirée me réserve ?... Puis, tendant la main au docteur et à sa femme il leur dit : « C'est convenu, vous enverrez le paquet chez moi. »

En arrivant chez lui, son premier soin fut de faire chercher une nourrice ; car l'enfant était chez son père adoptif depuis deux heures, et il criait à lui briser le tympan. Il commençait déjà à s'impatienter lorsque son valet de chambre rentra.

Dès qu'il l'aperçut, il lui dit :

— En amènes-tu une au moins?

— Oui, monsieur le marquis, voici une nourrice qui va se charger de mademoiselle.

— Enfin, c'est bien heureux, et sans regarder la nouvelle venue, il lui dit : emmenez bien vite cet enfant qui crie à me fendre la tête.

Ici la nourrice observa que le prix serait de deux livres sterling par mois, sans le savon ni le sucre.

— C'est entendu, s'empressa de répondre le marquis, et il lui mit dans la main un banknote de cinq livres sterling.

— Merci, s'écria la bonne femme en faisant plusieurs révérences au marquis, qui depuis longtemps lui avait tourné le dos. Le voyant s'éloigner la nourrice lui cria qu'elle s'appelait Brigitte Suckling, qu'elle avait déjà eu quatre nourrissons et que son mari élevait des ânons.

— C'est bien, ma brave femme, lui riposta le marquis, partez ; et partez vite.

— Mais, mon bon monsieur, où est donc la layette de notre petit chérubin ?

— Le marquis interrogea son valet de chambre : Qu'est-ce qu'elle me chante donc là, qu'est-ce que c'est que ça, une layette ?

Charles, qui pour son malheur était plus instruit que son maître, vu que sa femme lui avait déjà donné cinq enfants lui répondit : « Monsieur le marquis, ce sont les petites affaires avec lesquelles on habille les enfants.

— Du diable si j'avais pensé à cela, moi. Ma foi, Charles, donnez quelques-unes de mes hardes, la nourrice arrangera  tout cela ; mais dépêchez vous.

— Le valet de chambre fit à la hâte un paquet
composé de deux pantalons de drap noir,  de trois
gilets en piquet blanc,  un autre en velours  grenat
et un cinquième en satin noir broché vert, sept che-
mises et une paire de pantoufles, le tout empaqueté
et lié avec une bretelle. Le valet remit le tout à la
nourrice dont les yeux  s'écarquillèrent d'une façon
démesurée et lui ouvrit la porte pour la renvoyer ;
mais elle se rapprocha du marquis qui lisait le
*Pall Mall Gazette* le dos au feu. Elle toussa légèrement.

Le maître du logis leva les yeux et lui dit : — Comment vous êtes toujours là ?

— Mais, monsieur, hasarda-t-elle timidement,
comment se nomme-t-elle votre enfant ?

— Vous l'appellerez Flore, lui répondit-il sans
quitter son journal des yeux.

La nourrice fit encore une  demi-douzaine de
révérences et reprit la layette improvisée qu'elle
avait déposée sur un guéridon en disant : « Si elle ne
sert pas à la petiote, elle servira toujours bien à
mon homme. »

Certes il fallait la présence de son maître pour que
Charles ne rît pas aux éclats.

Enfin, la nourrice, l'enfant sur un bras, le paquet
sous l'autre et le banknote dans son corsage descendit gravement le perron de l'hôtel.

## IX

## L'ORPHELINE

Quinze années se sont écoulées depuis que le marquis de Chelsea avait confié Flore, sa fille adoptive, aux soins de mistress Suckling. Il était tellement absorbé par les exigences du monde qu'il n'avait jamais trouvé assez de temps pour aller voir l'orpheline. Mais comme il était tenu de donner une éducation quelque peu soignée à sa fille d'adoption, il l'avait mise, dès l'âge de huit ans, dans une des meilleures *boarding schools* de Londres.

Ce fut dans cette pension que commencèrent, sinon les premières douleurs de Flore, du moins ses premières hontes. Là seulement, elle comprit que n'ayant pas de parents, elle n'avait pas de refuge, et déjà les distinctions, les préférences en faveur de la toute puissance de la fortune blessaient son amour-propre.

Peu à peu elle fut initiée par le babil de ses compagnes à cette triste science du monde qui resserre les limites de la volonté, qui apprend à modérer ses désirs et qui met chacun à la place qui lui est assignée par le sort. Parmi les compagnes de Flore, se trouvaient des filles de banquiers, de notaires et de sollicitors, qui ont un comptoir ou une étude en dot. Aussi parlaient-elles toutes de l'avenir brillant qui les attendait. Seule Flore ne pouvait parler ni du passé ni de l'avenir. Le passé était sa mère morte en lui donnant le jour ; le présent, la tristesse, et l'isolement ; l'avenir, les terreurs de l'inconnu.

La pauvre enfant était un jour plongée dans ces sombres réflexions quand on vint la prévenir que le marquis de Chelsea demandait à la voir. Flore se fit répéter deux fois ce nom, ne pouvant comprendre cette visite inattendue. Comment le marquis se rappelait-il tout à coup qu'elle existait ? Cela lui paraissait extraordinaire. La pensionnaire était assise devant un chevalet. Elle se leva aussitôt et se rendit au parloir où son père d'adoption l'attendait.

Nous l'avons déjà dit, Flore n'avait jamais vu le marquis de Chelsea, qui probablement lui faisait cette première visite par désœuvrement. Cependant, elle ne s'étudia pas à se composer un maintien pour recevoir son bienfaiteur inconnu. Elle n'éprouva aucun embarras en entrant dans la chambre où il l'attendait.

Le lecteur comprendra facilement le changement que quinze années ont pu faire chez l'orpheline. Ce ne fut pas une enfant qui s'offrit aux regards du marquis ; mais une jeune fille, éblouissante de fraîcheur et de beauté, une vierge idéale en robe blanche. Flore était grande et belle ; sa tête était un chef-d'œuvre, entourée de ses cheveux blonds bouclés naturellement. Figurez-vous un ovale d'une grâce parfaite, des yeux bleus de ce beau bleu de bluet, surmontés des sourcils noirs d'un arc si pur et si délié qu'ils semblaient peints ; de longs cils qui, lors-qu'ils s'abaissaient, projetaient une ombre sur la teinte rosée des joues. Tracez un nez fin, droit, aux narines un peu ouvertes par une aspiration ardente vers la vie sensuelle ; dessinez une bouche régulière, dont les lèvres s'ouvriraient gracieusement sur des dents blanches comme du lait ; colorez la peau de ce velouté de la pêche qu'aucune main n'a touchée, et vous aurez l'ensemble charmant et virginal qui s'offrit aux yeux ébahis mais enchantés du marquis de Chelsea. Peut-être fit-elle sur le cœur de son père d'adoption d'autant plus d'impression que l'ayant quittée enfant, il croyait la retrouver enfant. Mais la surprise de son père adoptif échappa entièrement à Flore, qui ignorait si les yeux de son bienfaiteur ne brillaient pas toujours comme elle les voyait briller et si sa voix ne prononçait toujours les bienveil-lantes paroles qu'il venait de lui adresser. Elle ne vit rien sur sa physionomie qui pût lui révéler son trouble intérieur. C'est pourquoi elle garda en sa

présence une altitude simple, modeste et réservée.
Elle put l'entendre sans émotion ; sa présence n'éveilla
en elle aucun souvenir, ne fit naître aucun espoir.
Elle répondit à toutes ses questions avec une grande
liberté et un grand calme d'esprit. Il n'inspirait pas
à son âme le profond respect qu'inspire l'idée d'une
haute position sociale, ni la sympathie que fait naître
la certitude d'un grand et noble dévouement ; d'ailleurs, cette première entrevue dura peu. Le marquis
sembla la brusquer, comme s'il eût éprouvé le besoin de se remettre d'une émotion combattue. Il prit
congé de la jeune fille qui se retira du même air qu'elle
avait en entrant. Elle cherchait vainement à s'expliquer le motif de cette visite, lorsque la mistress la
fit appeler.

— Ma chère enfant, lui dit-elle en l'embrassant,
j'espérais que votre manque de fortune et l'indifférence apparente du marquis de Chelsea, nous
vaudraient la prolongation de votre séjour ici, puisque vous y étiez heureuse ; mais je vois, à mon grand
regret, qu'il n'en sera pas ainsi.

— Comment cela? s'écria Flore, monsieur le marquis se serait-il expliqué à ce sujet avec vous, madame? Quant à moi, il ne ma rien dit qui ait pu me
faire pressentir mon départ.

— Il ne m'a rien dit non plus de positif, ma chère
enfant. Cependant lorsque je me suis hasardée à le
questionner sur ses projets à votre égard, il a vivement repoussé l'idée de vous voir vous consacrer à
l'éducation comme cela avait été convenu. Mais

monsieur le marquis, lui ai-je dit, Flore est sans
fortune.

— C'est vrai, a-t-il répondu, et, ce qui est pire, elle
est sans parents.

Eh bien, ai-je continué, vous savez bien, monsieur, qu'une jeune fille ne se marie plus aujour-
d'hui sans dot, vous devez connaître mieux que
personne la situation d'une jeune demoiselle qui
se trouve jetée au milieu du monde sans fortune
et sans appui; car tôt ou tard, vous lui manquerez,
monsieur le marquis.

— Je pourvoirai à tout cela, madame, m'a-t-il
répondu. Ma fortune est indépendante, je ne suis pas
marié, je suis libre d'adopter Flore pour ma fille.
Après quoi, il m'a saluée et a pris congé de moi.

Vous le voyez, chère enfant, M. le marquis est loin
de cette indifférence dont nous l'accusions à tort. Il
a suffi qu'il vous vît une seule fois pour réclamer
ses droits qui, du reste sont incontestables et vous
devez lui obéir. Peut-être est-il riche, mais en tout
cas, s'il voulait vous adopter, ce serait ce qui pourrait vous arriver de plus heureux. Vous le voyez,
hélas, une séparation est inévitable. Moi qui vous
aime, comme si vous étiez mon enfant, tout en vous
félicitant de votre bonheur, cette séparation m'afflige.

— Moi aussi, madame, dit Flore, et je ne quitterai
cette maison qu'avec le plus profond regret. La
seule pensée du monde m'effraie.

— Parce que vous ne le connaissez pas, chère
enfant. Moi qui ai su l'apprécier, je sais que vous

3*

devez y réussir; je n'éprouve aucune crainte à ce sujet; seulement, je vous aime, et mon amitié me rend égoïste; votre bonheur me dédommagera de votre absence.

— Oh! madame; s'écria la pensionnaire en sentant ses paupières se gonfler de larmes; heureusement rien n'est encore décidé; je puis prier monsieur le marquis de me laisser vivre dans cette maison où j'ai quelquefois souffert du dédain de mes compagnes, mais où votre maternelle bonté m'a rendue bien heureuse. Je dirai à monsieur le marquis que je ne veux pas vous quitter.

— Gardez-vous-en bien, ma chère Flore, votre bienfaiteur n'agit que pour votre bonheur. Mon expérience me permet de voir plus loin que vous, qui n'avez pas encore seize ans. Chez vous, les années n'ont pas encore achevé l'œuvre du développement de votre cœur, ni de votre raison. Mon devoir est donc de vous conseiller l'obéissance. Monsieur le marquis est un homme distingué dont l'influence, soyez-en persuadée, est grande dans le monde où vous êtes appelée à jouer un rôle important. Allons, rassurez-vous, mon enfant; car, il est bien rare que je sois dans la nécessité de sécher les larmes de vos compagnes lorsqu'il s'agit de me quitter. D'ailleurs, vous l'avez dit vous-même, rien n'est encore décidé. Attendons...

# X

## LADY PARKINSON

Flore n'attendit pas longtemps. Quelques jours après le marquis de Chelsea revint accompagné d'une femme. Cette fois, il fut question que sa fille d'adoption sortît bientôt de la pension.

Lady Parkinson, à laquelle le marquis présenta Flore, était une femme qui pouvait avoir de quarante à quarante-cinq ans, d'un extérieur encore gracieux, d'un esprit agréable. L'usage du monde se faisait sentir dans toutes ses paroles, comme aussi dans la moindre de ses actions. On se sentait involontairement entraîné vers elle. Sa parole avait une sorte d'autorité adoucie par l'accent. Le désir de ne rien exiger semblait dicter ses conseils. La bonté de son cœur paraissait se révéler sur sa physionomie moins que par un charme secret. Elle avait l'air de

deviner la pensée et d'y répondre. Elle avait surtout
l'art de donner à la raison le trait incisif d'un bon
mot et de voiler les vérités les plus tristes sous les
formules obligeantes de sa bienveillance.

— Si le ciel m'eût accordé une fille, dit-elle à Flore
en l'embrassant, j'aurais souhaité qu'elle vous res-
semblât. Je voudrais bien de mon côté vous inspirer un peu de cette affection qu'on a pour une mère.
Monsieur le marquis vous a confiée à mes soins ; je
me suis engagée à vous guider dans le monde et à
vous le faire connaître ; mais ce que j'ambitionne le
plus, maintenant que je vous connais, c'est de vous
inspirer le sentiment que j'éprouve déjà moi-même
pour vous.

Il eût été bien difficile à Flore de résister à de pa-
reilles avances. Elle ressentit tout à coup une vive
amitié pour lady Parkinson. Peu à peu, elle perdit
en sa présence, tout ce qu'il y avait eu de timidité
dans son isolement. Il lui sembla que sous un tel
patronage, il ne pouvait lui arriver rien que d'heureux.

La maîtresse elle-même fut ravie et elle regardait
déjà lady Parkinson comme une femme supérieure,
lorsque le marquis prit la main de Flore, en lui
annonçant qu'elle quitterait bientôt la pension pour
habiter le West-End. Son cœur battit avec joie ; car
tout ce qui pouvait y être resté de crainte, avait fait
place à l'espérance. A seize ans, dans l'inexpérience
où elle était ; avec cette pureté naturelle, que la plus
légère atteinte n'avait pas encore effleurée, il suffi-

sait d'aider les heureuses dispositions de la jeune fille pour en faire tout ce qu'on aurait voulu.

Quand elle passa le seuil de cet asile où elle s'était formée, on aurait pu la conduire aux plus hautes positions sociales où la femme peut atteindre ; elle n'aurait été déplacée nulle part. Hélas ! Qu'a-t-on fait de la candide pensionnaire? Qu'est devenue l'innocente orpheline?....

Lady Parkinson avait accepté un appartement dans l'hôtel du marquis, afin de se consacrer exclusivement, à ce qu'elle appelait : l'éducation de Flore. La jeune demoiselle se vit donc tout à coup l'objet des attentions les plus délicates et des plus empressées de la part du marquis. Les maîtres les plus renommés lui furent donnés. La musique, la peinture, la danse même occupaient ses journées devenues trop courtes. Chaque heure avait son emploi. Son père adoptif semblait se plaire à suivre ses progrès, et les récompensait par les soins constants dont il l'entourait, en la comblant de ces futilités si charmantes pour une jeune fille. Les plaisirs succédaient si rapidement aux travaux qu'ils ajoutaient un nouveau prix aux bontés dont on l'entourait. Aussi s'efforçait-t-elle de les mériter par son application et sa douceur.

Enfin, six mois s'étaient écoulés, avant que Flore pût comprendre pourquoi le marquis lui faisait à elle, pauvre orpheline, une existence si brillante. Elle aurait voulu connaître ce qui lui avait valu ce bonheur exceptionnel et souvent elle avait eu l'intention de sonder le marquis à ce sujet ; mais de nouveaux projets, aussitôt exécutés que conçus, venaient lui causer de nouvelles surprises et des émotions plus douces encore. Sa vie était un long enchantement.

Au milieu de tant d'agitation, Flore observait néanmoins les deux personnes entre lesquelles s'écoulait si rapidement son existence. De jour en jour, elle arrivait par degrés à cette expérience qui devait plus tard l'éclairer, en lui montrant la vérité dans toute sa laideur.

Le marquis était un homme qui n'était au fond, ni bon ni méchant, mais simplement léger d'esprit et d'une immoralité inconsciente. Le dernier siècle semblait revivre en lui. Il était à la fois loyal et peu scrupuleux. Tout ce qu'il blâmait au nom de ses principes, il se le permettait à lui-même, avec des restrictions de conscience et des modifications sophistiques. Il blessait la morale, mais il sauvait les apparences. Il affichait une espèce de rigorisme sans être hypocrite ; mais certaines idées à lui semblaient l'autoriser à faire ce qu'il appelait d'innocentes folies. Les fournisseurs de sa maison étaient parfois dans l'obligation de l'assigner devant le juge pour le payement de leurs factures. Jamais il ne payait ses gens qu'en leur donnant leur congé, le jour où ils osaient réclamer leur salaire. Quand le tailleur lui apportait une ancienne note, il répondait : «Jamais je ne paie mes vieilles dettes ». Si son bottier lui apportait une note récente il disait : « Laissez-la vieillir ».

Il était constamment gêné au milieu de son luxe.
Cependant à tant de défauts et à tant de travers, il
joignait des qualités essentielles. On se plaisait en sa
société pour son esprit vif et brillant. Il caractérisait
tout par des mots si heureux qu'il était impossible
de les oublier. On l'estimait pour son obligeance ; il
rendait des services avec une persévérance bien rare,
pourvu toutefois qu'il pût le faire par écrit ; car une
démarche personnelle lui coûtait plus que cent billets
à écrire. Tel était le protecteur de Flore.

Pour revenir à lady Parkinson, nous ajouterons
que c'était un type tout correct et déduit selon les
principes les plus sévères. De même que l'on trouvait dans toute sa personne la régularité et l'accord
des justes proportions, sa conduite et son langage
étaient irréprochables. Au premier aspect, pour l'esprit et pour les yeux, cette organisation merveilleuse
était mise en jeu par les rouages d'une intelligence
supérieure, dont la raison semblait être le pendule
qui modérait tous les mouvements et en réglait la
marche ; elle avait observé le monde et pour ainsi
dire tout calculé, afin de résoudre le grand problème
de la considération dans la vie sociale. Elle n'atta-
chait d'importance à l'opinion publique que lorsqu'il
s'agissait d'elle-même. Son indépendance la plaçait
au-dessus de l'étiquette. Jamais on ne la trouvait en
défaut dans la moins importante de ses actions. Jamais elle ne restait au dépourvu quelle que fût la
question qu'on agitât. Ses idées étaient arrêtées sur
toutes choses. Froidement accueillie par les femmes,

recherchée par les hommes, lady Parkinson avait
une position exceptionnelle. On ne savait au juste ni
ce qu'elle était, ni ce qu'elle faisait. Bien qu'elle ne
donnât jamais prise au plus léger soupçon, on aurait
voulu qu'il planât moins de vague sur son origine et
sur son existence, dût-on avoir à lui pardonner quelque peccadille. On ne l'aimait pas, on était forcé de
la respecter. Sans fortune, elle affectait l'ordre et ne
condamnait pas le luxe ; aussi n'exigeait-on rien
d'elle sous ce rapport. Elle était simple, modeste et
sans affectation. En un mot, c'était une femme parfaite pour ceux qui ne pouvaient sonder le fond de
sa conscience ; et encore on ne pouvait la connaître
qu'après avoir été sa victime. Telle était la femme
qui devait produire Flore dans le monde de Londres.
Partout où elle conduisait son élève, le marquis
s'évertuait à faire valoir les talents et l'esprit de sa
protégée. Certes, jusque-là, il avait rempli dignement la mission qu'il avait acceptée. Un père n'eût
pas fait plus pour sa fille. Cependant, au milieu de
cette alternative d'études et de plaisirs, qui faisait de
Flore une femme du monde artiste et une artiste
femme du monde ; au sein de cette existence qui
eût été celle qu'elle aurait choisie, si elle avait pu
choisir, elle éprouvait de vagues pressentiments,
une crainte naturelle qu'elle s'efforçait de repousser
comme un crime.

Par un effet inévitable de la marche des choses, la
pudeur de la jeune fille s'alarma instinctivement ;
car dans ses rapports journaliers avec elle, le mar-

quis resserrait l'intimité, bien qu'elle fît tout ses efforts pour le maintenir à distance. Il trahissait chaque jour, de plus en plus, une impatience inexplicable, une ardeur réprimée, dont la jeune fille ne pouvait comprendre la cause; il lui sembla même que l'affection du marquis changeait de nature. Ce n'était plus, selon elle, ce sentiment de bienveillante affection qu'un père porte à son enfant, c'était quelque chose comme de la galanterie. Il avait des manières de dire, qui d'abord embarrassaient Flore et qui finirent par l'effrayer. Elle essayait, d'abord timidement, de faire comprendre à lady Parkinson la crainte, qui peu à peu, s'emparait d'elle. Cette dernière devina la jeune fille au premier mot; peut-être avait-elle prévu ce moment, peut-être attendait-elle cette explication. Ma chère enfant, lui dit-elle, j'ai remarqué, en effet, que le marquis n'est plus le même. Il est triste et rêveur. Vous craignez qu'il soit souffrant de cœur ou d'âme, moi aussi, je le crains. D'abord, il s'est fait un grand changement dans sa manière de vivre. Tous ses plaisirs habituels sont négligés. Il ne s'occupe plus de chevaux, il ne va plus au club, enfin, on dirait qu'il nous évite, ou que devant nous il éprouve un embarras insurmontable. Si vous l'aviez connu avant votre sortie de la pension, c'était le plus gai, le plus aimable des hommes; mais soyez tranquille, je lui demanderai la cause de cette mélancolie. Je lui dirai que vous en êtes inquiète.

Ce fut alors que Flore ressentit la première im-

pression de terreur que le caractère de cette femme
dangereuse devait, à la fin, produire sur elle. Malgré l'art de transition qu'elle possédait à un si
haut degré, malgré l'adresse féline de son langage, il parut à Flore que sa compagne n'était pas
sincère.

— Prenez garde, milady, il me semble que vous ne
comprenez pas bien le sentiment qui dicte ma question.

— Quoi, dit lady Parkinson en riant, il faut
prendre des ménagements, des précautions pour
faire voir aux gens que l'on prend intérêt à eux,
que l'on s'occupe de leur santé, que l'on s'inquiète
de leur bonheur? Allons donc, vous n'y songez pas,
ma chère amie. Laissons la finesse et la ruse à ceux
qui projettent le mal. Je ne suis pas une femme rusée et je vous préviens que je m'en suis toujours bien
trouvée. Dire franchement les choses; la vérité, c'est
selon moi, l'habileté des cœurs purs. Soyez sans inquiétude; d'ailleurs, Monsieur le marquis me connaît depuis longtemps et il sait bien qu'il est aussi
difficile de me cacher quelque chose que de me
détourner de la ligne de mon devoir.

Comme on le voit, cette brusquerie de langage devait
écarter les soupçons. La rudesse de la voix était d'ordinaire le moyen que cette femme employait pour dé-
guiser ses flatteries; à cet égard elle avait une espèce
d'originalité qui la rendait remarquable. Et c'est
ainsi qu'elle déguisait son hypocrisie ou pour mieux
dire sa profonde connaissance du cœur humain.

Ce jour là Flore resta chez elle, et cependant elle ne vit pas le marquis. La jeune fille était là toute seule, perdue dans une profonde rêverie ; elle sentait par intervalle de légers serrements de cœur, comme on en éprouve quand un malheur inconnu mais réel nous menace. Toute la soirée, lady Parkinson fut absente.

## XI

## ENCORE LADY PARKINSON

Le lendemain matin, elle se rendit près de Flore avec un air très-mélancolique et l'embrassa avec une sorte d'affectueuse effusion; puis la faisant asseoir près d'elle :

— Maintenant, chère enfant causons, lui dit-elle, en enfermant les deux mains de Flore dans les siennes. J'ai beaucoup de choses à vous dire. Je me suis expliquée hier soir avec le marquis, car je n'aime pas les mystères; je ne savais rien de votre situation; mais monsieur le marquis m'a tout dit. Maintenant que je la connais, je ne puis m'empêcher de vous plaindre et de le blâmer. On n'agit pas avec plus d'inconséquence qu'il ne l'a fait. Aujourd'hui il en convient lui-même.

— Mais qu'y a-t-il donc, milady? s'écria Flore avec anxiété.

— Il y a, reprit lady Parkinson, qu'il faut que ce soit moi qui vous parle, puisqu'il n'en a pas le courage, lui. D'abord, ne tremblez pas ainsi; peut-être tout n'est pas aussi désespéré que je le crains.

— Achevez, achevez, murmura Flore en pâlissant.

— Vous ignorez sans doute, ma chère enfant, que votre mère en mourant ne put donner aucun détail sur votre père, et que vous êtes sans fortune et sans avenir.

— Il y a longtemps que j'avais pressenti cette situation, répondit la jeune fille avec un soupir.

— Oui, mais vous l'avez oubliée depuis votre sortie de pension, soyez sincère.

— Hélas! c'est la vérité, milady. Dans mon ignorance des choses de la vie, ma pensée ne s'est jamais appesantie sur des besoins que monsieur le marquis ne me laissait pas prévoir.

— Je le conçois, il est si bon! Mais il y a des cas où la bonté est un tort. La bonté doit être intelligente avant tout, ou sans cela, elle devient de l'imprudence. Je sais que les intentions du marquis étaient excellentes, il n'a pu vous voir, belle, orpheline et gracieuse sans être touché de votre sort; ce qu'il a ressenti pour vous a été plus fort que la raison car il n'a même pas réfléchi. Il est vrai que si l'on réfléchissait dans notre milieu social on ne ferait jamais

le bien. Il a cédé au premier mouvement de son
cœur. Il m'a fait consentir à être votre guide dans
le monde, sans me laisser rien entrevoir. Il a déve-
loppé vos heureuses dispositions. Vous avez profité,
au delà de tout espoir, des sacrifices qu'il a faits
pour vous. Vous êtes devenue une personne remarquable, une jeune fille accomplie. Vos talents fe-
raient de vous une merveille, si aujourd'hui la seule
merveille digne d'admiration n'était pas la richesse.
Tout cela est fâcheux, tout cela m'afflige et m'émeut
jusqu'aux larmes. Je ne puis me faire à l'idée de vous
savoir malheureuse, en lutte avec le besoin, en proie
aux nécessités de la vie; nous vivions si tranquilles,
et voilà que tout à coup, un abîme s'ouvre sous nos
pas. Que faire, que devenir?

Toutes ces paroles étaient d'autant plus terribles
qu'elles ne renfermaient pas un sens positif. Elles
tombaient une à une sur le cœur de la jeune fille et
y creusaient une plaie comme l'eût fait du plomb
fondu; elles projetaient dans l'esprit de l'orpheline
une clarté sinistre comme celle des éclairs, à la lueur
desquels on découvre de profonds précipices. Cependant, quelque violente que fût la secousse elle n'a-
vait pu abattre la jeune fille, qui sentait en elle la
force et l'espérance.

— Flore répondit avec un si grand calme que lady
Parkinson ne put réprimer un mouvement de surprise.

— Je vous remercie d'un intérêt si touchant,
milady. J'étais résignée à vivre à la pension; il a

fallu un ordre précis de mon bienfaiteur pour changer cette résolution. J'y retournerai donner aux
autres l'éducation que j'y ai reçue.

— Vous savez bien que c'est impossible.

— Comment cela?

— Mais, parce que le marquis ne permettrait pas
que vous qu'il en a fait sortir comme pensionnaire,
vous y rentriez comme institutrice; d'ailleurs, en
supposant qu'il permit que l'on vous rouvrit les
portes de cette pension, y pourriez-vous rester,
maintenant que vous avez goûté de la vie du monde,
que vous en avez connu toutes les séductions, tous
les plaisirs?

— Je vous assure milady que je ne regretterai
rien de tout cela.

— Vous le croyez en ce moment, et vous le dites
de bonne foi; parce que dans l'enthousiasme de
votre dévouement vous ne voyez pas clair en vous-
même; mais ce que vous ignorez, c'est que votre
imagination est devenue une source féconde d'impressions et de sensations qui réclament l'espace et
la liberté. Il lui faut un libre cours, un exercice sans
entraves; les arts ont agrandi votre sphère vous avez
rêvé une existence indépendante. Vous vous êtes ac-
coutumée au luxe; vous avez été adulée. Vos désirs,
vos besoins, vos caprices même ont été prévus et
satisfaits, croyez-en mon expérience, la tranquille
maison de votre pension serait maintenant une prison pour votre corps, une tombe pour votre âme.
J'ai quelque expérience du monde, croyez-moi, ma

chère enfant. Quand on n'a pas encore atteint le
développement des facultés, quand il n'est plus
même possible de s'arrêter en route, comment voulez-vous retourner en arrière? Comment se restrein-
dre à une existence étroite et mesquine qui ne convient qu'à la vieillesse et à l'enfance, mais non pas à
votre âge? Vos illusions à cet égard, une fois dissi-
pées, vous laisseraient bientôt dans l'accablement le
plus profond, dans l'isolement le plus insupportable;
aussi, ma chère Flore, il faut être assez sage en ce
moment, pour voir du premier coup d'œil les choses
telles qu'elles sont, afin de ne pas tomber dans un
malheur plus grand que celui qui nous menace.

— Eh bien, milady, s'il est vrai que j'aie quelques
talents, s'il est vrai, ainsi que vous me l'avez souvent
dit, que je sois arrivée à ce degré de supériorité qui
fait les artistes, alors, je me ferai une position d'artiste.

— Enfant, dit lady Parkinson en riant aux éclats.
Pauvre chère enfant au cœur d'or ! Comme on voit
bien, hélas! que vous ne savez rien de ce monde ! Je
le conçois, peut-on observer sous le charme d'impressions nouvelles? Apprendre est un travail qui
absorbe l'intelligence. Pour apprécier, il faut savoir;
pour comparer, il faut avoir ressenti; car l'expérience ne s'acquiert qu'à nos dépens et c'est là le fruit
amer des déceptions. Vivre en artiste, mon enfant,
jeune et belle comme vous l'êtes, — est impossible !
Tenez, ma chère enfant, ne vous bercez pas de pa-
reilles illusions.

— Eh bien, milady, à défaut de talents bril-

lants, j'utiliserai mes talents utiles, je travail-
lerai à ces choses qui rapportent peu, mais dont
l'humble produit est au moins certain. La pau-
vreté ne m'effraie pas, je la subirai puisqu'il le faut.

— Rêves, rêves, que toutes ces belles choses,
Flore; et vous croyez qu'elles existent? Vous bro-
deriez, vous feriez de la tapisserie? mais c'est la misère que vous projetez là, et la misère est la pente
glissante qui mène au vice. Dans la misère les résolutions les plus fortes se détendent ; on ne voit plus
rien que sous l'aspect du besoin. Tenez, Flore, ne
faisons pas un roman de la vie, qui a ses exigences,
c'est vrai ; car selon moi la vertu d'une jeune fille
n'est à l'abri du danger que quand un cœur noble
et généreux lui est dévoué. Ce cœur généreux,
Flore, si vous le voulez, ce sera le marquis; voyez-
vous, mon enfant, de deux maux, il faut choisir le
moindre.

— Mais lequel est le moindre? demanda la jeune
vierge qui n'avait pas compris où tendait lady Parkinson. Éclairez-moi de votre expérience ; que pense
monsieur le marquis ; qu'a-t-il résolu?

— Lui, ma chère Flore, il est plus à plaindre que
vous.

— Je ne vous comprends pas, milady; vous dites
que mon bienfaiteur est malheureux ; ce n'est pas
pour moi j'espère ; ma position toute triste qu'elle
soit ne peut qu'exciter sa pitié.

— Vous avez grandement tort de penser cela. Il
s'est fait une habitude de vous voir, de vous proté-

4

ger. Il s'est laissé aller étourdiment au charme de votre société. Il n'a pas prévu qu'il arriverait un moment où la séparation serait terrible.

— Il faut donc que je vous quitte, ainsi que monsieur le marquis, demanda Flore en tremblant?

— C'est à dire, que vous pouvez rester, et que vous ne le pouvez pas. Comprenez-vous? Je vous assure que votre situation est vraiment alarmante. Quand j'ai parlé de votre départ le marquis a baissé la tête, et des larmes ont coulé de ses yeux. Des larmes! oui, lui, l'homme blasé, lui qui a perdu ses meilleurs amis sans en répandre une seule, il a pleuré comme un enfant, à la pensée de vous quitter!

— Mais, dit Flore, je ne comprends pas bien quel intérêt si puissant peut prendre monsieur le marquis à une pauvre orpheline qu'il a vue, il y a huit mois, pour la seconde fois.

Cette fois, lady Parkinson était au bout de ses détours et ne pouvant se maîtriser plus longtemps, elle saisit la main de la jeune fille et s'écria : Vous ne comprenez pas, vous ne comprenez pas qu'il vous aime d'amour, que c'est une folle passion!

La surprise mêlée de terreur que Flore venait d'éprouver la laissa sans forces. Un éblouissement passa devant ses yeux; elle tomba sur un fauteuil.

# XII

## PAUVRE FLORE!

Presque aussitôt le marquis entra. Alors commença une scène bizarre et terrible. Le marquis prit Flore dans ses bras. La pauvre enfant ne fit aucune résistance; car elle ne vivait plus qu'à moitié. Quant à lady Parkinson qui aurait dû la protéger au moins par sa présence, elle la livra en se retirant.

Dès que le marquis fut seul avec Flore, il fut sans pitié pour ses larmes, pour ses prières. La perte de la jeune fille avait été résolue; elle fut consommée. Dès ce moment, Flore était sa maîtresse.

Le marquis n'était plus jeune; il voulait faire des envieux. Il prit donc à tâche d'habituer peu à peu Flore à la honte.

Chaque jour un des voiles de sa pudeur native lui fut enlevé. Celle à qui l'on promettait l'avenir des

femmes chastes et pures, au lieu de ce bonheur calme, brilla au grand jour des courtisanes. Entraînée
sans cesse vers le tourbillon des plaisirs, s'étourdis-
sant au bruit des fêtes, repoussant le souvenir du
passé, n'osant songer à l'avenir et ne prenant même
plus la peine de pleurer sur le présent.

Cette vie durait depuis quatre ans lorsque le marquis tomba subitement malade. On fit courir le bruit
qu'il s'était ruiné pour Flore. Au premier mot de sa
ruine, il perdit tous ses amis, même ceux qui dînaient
chez lui quatre fois par semaine. Seule, Flore resta
près de son lit de douleur. Cette marque de dévouement chez la femme qu'il avait perdue le toucha sans
doute. Il fit appeler un notaire et prit ses dernières
dispositions, qui instituèrent Flore sa légataire uni-
verselle. Dès que le notaire fut parti, le malade fit
appeler la jeune femme, qui se rendit à son appel.
Le marquis prit la main de Flore dans la sienne et
lui dit :

— Je sens que je touche au moment suprême ; pardonnez-moi le mal que je vous ai fait.

Flore ouvrit la bouche et remua les lèvres sans
pouvoir articuler une parole

Le marquis reprit :

— Je vous supplie, Flore, renoncez au luxe pour
mener une vie modeste que les débris de ma fortune
vous assurent. Allez vivre loin des vains bruits, loin
des âmes jalouses et perverses. Je regrette amèrement
de vous les avoir fait connaître. Redevenez honnête
et pure, telle que vous l'auriez toujours été sans moi.

Puis il mit au doigt de la ¦jeune femme, la bague
que le docteur tenait de sa mère mourante et qu'il
lui avait remise avec l'orpheline. Il lui dit de la garder précieusement, que peut-être, un jour, elle lui
ferait retrouver son père.

Trois jours après le marquis était mort, et Flore
perdait son seul protecteur. Livrée à elle-même,
elle fut malheureusement forcée de reconnaître la
vérité de ce que lui avait dit lady Parkinson. Les
habitudes de luxe et de dissipation une fois prises,
il faut un courage surhumain pour rentrer dans le
calme et se soumettre à une existence obscure.

Partout où le marquis avait conduit Flore, elle
avait été enivrée de flatteries. Les jeunes gens riches
avaient pris l'habitude de la placer au-dessus de
toutes les femmes. En un mot, on l'avait proclamée
reine de la mode et de l'élégance. Flore comman-
dait par un sourire et ne voyait autour d'elle que des
esclaves empressés.

Elle portait en tous lieux la joie, l'ivresse, la
fièvre d'enchantements toujours nouveaux. Cela
dura jusqu'au jour où, dégoûtée des autres et d'elle-
même, elle mesura la profondeur de l'abîme où se
perdait sa jeunesse. Alors, l'orgueil et la honte la
dominèrent tour à tour. Enfin, pour la première fois,
son cœur connut l'amour vrai, un amour qui, s'il eût
été avouable, pouvait la ramener au repentir, c'est-
à-dire à Dieu.

# XIII

## AMOUR DE LORD DUDLEY

Malheureusement, lord Dudley n'était déjà plus. libre le jour où il vit Flore. Cependant il sentit qu'il l'aimerait de toute la puissance de son âme, mille fois plus qu'il ne lui était possible d'aimer sa femme, quoiqu'il fût bien persuadé qu'il n'y avait pas une seule observation à faire à la conduite de lady Dudley. Car du jour où il désira Flore, il se mit à étudier, avec attention, de quel ton, de quelle voix et de quel air lady Dudley écoutait et parlait, non-seulement avec tous les amis qu'il avait introduits dans son intérieur, mais encore avec toutes les personnes qu'elle était en position de rencontrer à la cour.

La voyant se conduire envers tout le monde avec une froide dignité, il en conclut que cette

froideur était dans sa nature. Lui-même, malgré
ses dispositions à la jalousie, ne lui avait pas
demandé autre chose que ce qu'elle avait voulu lui
laisser voir. Mais, tout satisfait qu'il fût de savoir
sa femme inattaquable, lord Dudley avait trouvé
dans Flore tout un monde d'émotions nouvelles.
Il était devenu subitement amoureux, le jour où il
l'avait rencontrée par hasard au Derby. En la voyant,
il avait éprouvé un de ces coups de foudre dont il est
difficile de se remettre. Était-ce le sentiment de la
faute qu'il allait commettre envers sa femme. Ou
bien ressentait-il qu'après avoir cédé à cet entraînement irrésistible, il cesserait d'être heureux en attei-
gnant un but? Mais quel était ce but? était-ce lady
Dudley? était-ce Flore? Il est vrai que chaque fois
que son cœur tournait au vent de la tristesse, il incli-
nait du côté de Flore, et un soupir partait pour aller
chercher la charmante créature partout où elle se
trouvait.

Enfin, lord Dudley s'aperçut bientôt que Flore
manquait à son existence, non-seulement quand il
était près de lady Dudley, mais encore près de toute
autre femme. Il résolut donc de se faire présenter
à cette dangereuse sirène, par son ami, le baron de
Longcourt.

Cette résolution prise, lord Dudley se rendit en
hâte chez son ami. Le domestique de ce dernier fut
très-surpris de la visite de lord Dudley, qui devait
savoir que le baron de Longcourt voyageait en Italie.
Il est vrai qu'absorbé par son amour naissant, le

jeune lord avait oublié que le baron était venu lui
faire ses adieux en partant pour Florence et qu'il
l'avait même engagé à l'accompagner. Sa passion
pour Flore l'avait seule retenu à Londres et lui avait
fait refuser la proposition de son ami que en toute
autre circonstance, il eût joyeusement accompagné.
Quoi qu'il en soit, il fut très-contrarié de ce contre-
temps, et rentra chez lui de fort mauvaise humeur.

Le lendemain, un brouillard plus épais que de coutume couvrait le ciel; mais vers deux heures il dimi-
nua, et il fut possible de s'aventurer dans les rues
sans craindre de prendre la lanterne d'un policeman
pour un bec de gaz.

Heureusement lord Dudley avait en soin de se faire
donner l'adresse de Flore, qui, nous l'avons dit,
habitait dans Portland-Square.

Lord Dudley s'empressa de faire remettre sa carte,
mais il n'osa demander à être reçu. Par un effet
bizarre des circonstances, au moment où il se retirait
Flore rentrait chez elle. Tous deux se troublèrent en
se voyant, et tous deux devinèrent, au sang, qui leur
montait au visage, qu'ils avaient déjà songé l'un à
l'autre. Enfin, ils éprouvèrent le désir de ne pas
retarder le moment de faire connaissance. Flore
invita d'un signe lord Dudley à rentrer avec elle. Dès
qu'ils furent dans le parloir, la jeune femme s'assit
sur un sofa et pria lord Dudley de prendre place
auprès d'elle.

— Mylord, dit-elle, vous avez pensé.... Et arrêtant sur lui un regard perçant: — Vous avez pensé,

n'est-ce pas, qu'il suffirait de se présenter chez moi pour y être admis?

— Excusez-moi, miss, balbutia lord Dudley, mais j'ai eu l'honneur de vous être présenté au Derby.

— Pas d'excuses, dit Flore, en l'interrompant; je n'ai plus le droit de m'offenser ni de m'étonner de rien. Vous m'avez vue une seule fois; mais la réputation que l'on m'a faite... par ma faute... sans aucun doute... car, vous le savez, mylord, le monde est inexorable... Soyez sincère : c'est ma réputation qui vous a autorisé à cette démarche? En disant ces mots, sa voix tremblait légèrement. Lord Dudley crut même voir briller une larme dans ses beaux yeux.

— Écoutez, Flore! Sur mon honneur de gentilhomme, je sens que je vous aime comme je n'ai jamais aimé. Oubliez donc mon titre de lord, et traitez-moi comme si je n'avais que ma vie à vous donner en échange de votre amour! Maintenant me croyez-vous? Croyez-vous à ma parole de gentilhomme?

Comme Flore gardait le silence, lord Dudley prit son chapeau et lui dit :

— Madame, si mon amour m'a fait commettre une inconvenance, vous qui êtes femme, contentez-vous d'accuser mon cœur et non mon honneur, car la moindre blessure qui touche à l'honneur d'un gentilhomme est mortelle.

— Mylord, un mot, demanda Flore en retenant lord Dudley. Êtes-vous libre de m'aimer comme vous prétendez le faire?

A cette question inattendue lord Dudley tressaillit légèrement et répondit d'une voix ferme : — Je le suis !

Le ton dont Flore lui avait dit : Êtes-vous libre? lui fit comprendre que ce mensonge seul pouvait le rendre heureux.

La jeune femme sourit tristement et lui dit :

— Mylord, soyez béni, si vous dites vrai,..... si vous mentez, que Dieu vous juge !

— Oui, ajouta-t-elle en levant ses beaux yeux humides, et avec un air de modestie charmante, si jamais j'ai désiré plaire, c'est à vous !

Lord Dudley la regarda avec une expression à la fois craintive et passionnée, à laquelle il n'y avait pas à se tromper.

Flore voulut répondre à ces regards de flamme, mais la voix lui manqua. Elle avança sa main toute tremblante vers le jeune homme. Celui-ci la couvrit de baisers.

## XIV

### FLORE AIME

— Maintenant, dit Flore, je ne vous dirai pas qui je suis, ni ce que j'ai été ; je ne vous parlerai jamais du passé, puisque malheureusement je n'y puis rien changer ; mais je vous dirai qu'il n'existe pas une femme qui vous aimera comme moi... Mylord, faites ici le serment d'aimer toujours l'orpheline, et elle est à vous !

— Devant Dieu ! je fais le serment de la mériter, dit lord Dudley, en se mettant à genoux d'une façon si naturelle et si charmante, que rien ne parut exagéré dans ce mouvement. Jamais Flore n'éprouva une impression aussi sereine, aussi radieuse.

— Mon Dieu ! dit-elle, en joignant les mains avec ferveur, je vous remercie de me faire connaître enfin le bonheur ! Aujourd'hui seulement je commence à comprendre qu'il doit être affreux d'*aimer seul*, de vivre seul avec l'inconnu... Ah ! si vous me trompiez, mylord, je serais désormais seule dans la vie, seule avec mon triste passé. Mais alors tout serait bientôt dit. En vous voyant près de moi, chez moi, en écoutant les paroles que vous venez de me dire, j'ai reçu dans mon âme une espérance si douce que je mourrais si je devais la perdre !

— Flore, répondit lord Dudley, maintenant il ne dépend plus de moi de vous aimer ou de ne pas vous aimer. Je suis entraîné vers vous par un sentiment irrésistible.

— Ce que vous me dites là n'est pas ce que vous diriez à une autre femme ? Ce que vous me dites là est-il bien vrai ? s'écria Flore.

— Quand même je le voudrais, il me serait impossible de me séparer de vous.

— Ce moment me fait oublier bien des chagrins, dit Flore. Il me semble que Dieu, par votre bouche, pardonne à la femme coupable, et que vous êtes mon sauveur !

— Mon Dieu, que vous êtes belle ! Comme toutes les pensées de votre âme se reflètent sur votre visage !

— Comment ne serais-je pas impressionnée de cette journée, la plus heureuse de ma vie !... Je veux la garder pure de tout nuage ! Maintenant, continua Flore avec une expression d'amour infini, maintenant, mylord, je suis à vous !...

# XV

## CHAGRIN D'AMOUR

Avant l'intimité qui venait de se former entre Flore et lord Dudley, ni l'un ni l'autre n'avait connu cette vie du cœur qui, seule, donne aux passions leur force et leur durée. Aussi, à la première révélation de cette existence jusqu'alors ignorée, lord Dudley avait oublié les monotones douceurs de sa vie conjugale. Lady Dudley était certainement plus belle que Flore, mais de cette beauté froide qui ne s'anime jamais d'un rayon d'enthousiasme. Le bonheur que le jeune lord avait partagé avec sa femme était plutôt négatif que positif. Il n'y avait pas d'ennui, mais il n'y avait pas non plus cette plénitude du cœur qui ne laisse rien à désirer. Voilà pourquoi, lorsqu'il rencontra Flore, c'est-à-dire la femme selon son goût absolu, il ne s'était pas inquiété

. **5**

à quel échelon de l'échelle sociale il l'avait trouvée.
Il l'avait prise dans ses bras et l'avait élevée jusqu'au
plus haut rayon de son amour. Dès lors commencèrent pour lui les émotions et les transports d'une
existence nouvelle. Tout le passé s'était dissipé ; car
pour lui le passé était vide des émotions de l'amour.
Il n'y avait plus pour lui de félicité que dans le
regard de sa maîtresse. Pour Flore aussi venait de
s'ouvrir une existence nouvelle.

— Que je suis heureuse ! disait-elle souvent en
laissant tomber sa tête sur l'épaule de son amant.
Le ciel a pris mes maux en pitié, puisqu'il m'a en-
voyé ton amour. Hélas ! il est venu trop tard pour
être le sauveur de mon passé ; mais, grâce au ciel,
il sera le sauveur de mon âme. Vois-tu, maintenant
je suis heureuse d'exister, moi qui ai si souvent eu
honte de ma vie. Pour moi, le monde se réduit à
notre amour ; il est renfermé dans cette chambre
où nul n'entrera après toi. J'espère en toi comme
en Dieu ; je crois à ton amour comme à la vie qui
m'anime ; en un mot, je ne vis que par toi et pour
toi !

De son côté, lord Dudley ne comprenait la vie que
par le temps qu'il consacrait à Flore ; aussi,
avait-il avec la plus grande précaution caché à sa
maîtresse qu'il fût marié. Il en résulta que, forcé de
tromper deux femmes à la fois, il usa sa vie à cacher
cette double trahison. Flore se donnait tout entière, tandis qu'il ne se laissait prendre qu'à moitié ;
cependant il aurait tout sacrifié à ce bonheur agité.

C'était pour lui, depuis six mois, la vie dans toute sa plénitude enchantée. Toutefois comme rien n'est durable en ce monde, l'orage naquit des précautions mêmes que les amants avaient prises pour l'éviter.

Flore avait vécu de la vie du monde ; elle n'était pas de ces femmes qui disparaissent sans qu'on s'en aperçoive. On lui aurait permis de s'isoler dans le repentir, mais non avec un amant. Ses anciens adorateurs la réclamaient comme une propriété. Elle fut donc entourée, espionnée. Quand la passion s'unit à l'envie, on arrive à tout savoir. Il n'y a pas de mystère impénétrable où la jalousie ne parvienne à glisser son regard fauve. On vit lord Dudley entrer chez Flore et y rester fort tard, et tout cela quand personne n'était reçu. Il n'y eut plus de doutes : lord Dudley était l'amant aimé, l'amant jaloux ; car on ne croyait pas, de la part de Flore, à une retraite volontaire. Le monde ne voulut pas tolérer ce qui était une infraction aux lois de la galanterie ; c'est pourquoi, un matin, le comte de Cintray reçut d'une écriture déguisée un de ces billets contre lesquels on ne peut pas se défendre, bien qu'ils tuent aussi sûrement que le fer ou le feu. Cette lettre était ainsi conçue : « Lorsque vous avez marié » Diane de Cassy à lord Dudley, votre enfant d'adop- » tion ne rêvait que cette existence où deux cœurs » étroitement unis trouvent tout en eux-mêmes et ne » demandent au dehors que de rares distractions. » Cette vie de félicité intime échappe à lady Dud- » ley, qui, en ce moment, éprouve toutes les tortures

» de la jalousie ; car, en ce moment son mari la
» délaisse complétement ».

Ce billet quoique anonyme, confirma toutes les
appréhensions du comte, qui, on se le rappelle, n'avait
jamais eu confiance dans la fidélité conjugale de lord
Dudley.

— « Voyons, se dit-il, j'ai promis à Diane d'être
auprès d'elle quand elle aurait besoin de moi ; j'irai
la voir ce soir ».

On se souvient que le comte de Cintray trouva
lady Dudley en compagnie du baron de Longcourt,
et quelle fut l'issue de cette rencontre.

# XVI

## FLORE ATTEND SON AMANT

Huit jours se sont écoulés. Lord Dudley n'a pas
revu Flore depuis que le comte de Cintray était
venu troubler le bonheur des deux amants. Il a
voulu donner à sa maîtresse le temps de se remettre
de la violente émotion qu'elle a dû éprouver en
apprenant qu'il l'avait trompée, en affirmant qu'il
était libre. De son côté, Flore s'étant méprise sur
une absence qui pouvait, à la rigueur, ressembler à
l'indifférence rêvait mille moyens pour prouver à
son infidèle que les oubliés n'oublient pas, et qu'ils se
vengent.

Elle comptait rendre dédain pour dédain, insolence pour insolence, trahison pour trahison. « Oui,
disait-elle, pour peu que je le veuille, tu seras toujours vaincu par moi, et cela avec tes propres

armes, parce que tu es homme, et que l'homme reste toujours stupéfait d'étonnement en voyant la femme accomplir les noirceurs qu'il méditait contre elle. »

Flore est dans son boudoir. Ses traits, toujours charmants, maintenant assombris, expriment une angoisse profonde ; ses larmes doublent l'éclat de ses beaux yeux bleus et coulent lentement sur ses joues pâlies.

— « Pour la première fois, dit elle, la jalousie m'a mordue au cœur. Dieu, que je souffre! Quelle est donc la puissance de cet homme? Comment s'est-il emparé de moi à ce point, que sa volonté se soit substituée à la mienne, son être au mien? Je ne pense, je n'agis, je ne vis plus que par lui ; de cette domination effrayante, quelle est donc la cause? Ah! je le sens, c'est la crainte de me voir délaissée par lui, qui peut-être, à présent, rougit de l'amour que je lui ai inspiré! Aujourd'hui, que sa passion est satisfaite, il renie son idole d'hier. Oui, je sens là, au cœur où je souffre tant ; je ne pourrais jamais vaincre la rage de le voir heureux. Pour la première fois je l'éprouve, cette sensation poignante, acérée, qui blesse au vif chaque fibre du cœur! Jusqu'ici je n'ai envié personne, pas même ses anciennes maîtresses ; car je sentais qu'à ses yeux j'étais supérieure aux autres femmes. Cependant, d'où vient donc que je me sois sentie mourir, l'autre jour, en voyant sa femme? D'où vient que cette Diane m'inspire tant de jalousie et tant de haine? Certes, elle est belle, bien belle, d'une autre beauté que la mienne pourtant. Je suis blonde, elle est brune ; je ne l'ai vue qu'une seule fois ; mais nos regards se sont rencontrés. Oui, lord Dudley doit l'aimer, et c'est moi qu'il trompe. »

Flore s'interrompit, appuya fortement sa main sur son cœur et murmura : « Je sens qu'il est brisé ; et de nouveau des larmes brûlantes inondèrent ses joues. Puis, relevant brusquement la tête et se posant devant la glace, elle se mira avec une attention et une persistance singulières.

Son joli visage était encadré de ses épais cheveux, son regard paraissait illuminé par le feu de la fièvre, l'azur de ses grands yeux, alors humides et brillants, semblait plus transparent que de coutume, et donnait un éclat extraordinaire à son regard que le froncement de ses sourcils, si fièrement arqués, rendait presque menaçants. Ses lèvres, qu'elle mordait parfois convulsivement, étaient devenues d'un rouge foncé et se contractaient par une sorte de rictus, à la fois poignant et sinistre. A mesure qu'elle se regardait, ses traits prenaient peu à peu une expression de haine si effrayante qu'elle recula épouvantée de devant la glace et murmura d'une voix sourde : « Ah ! je me fais peur à moi-même ! » Puis, elle ajouta d'un ton de sardonique amertume : « Il ne faut pas que j'épouvante ; il faut sourire au contraire, charmer, passionner maintenant plus que jamais. Voyons, essayons. Elle se rapprocha du miroir et, après maints essais, elle parvint à se composer un

masque enchanteur où toutes les grâces d'une co-
quetterie irrésistible, toutes les spirituelles finesses
d'une riante malice, aiguisée d'une ironie acérée,
formaient un adorable contraste avec le feu dévorant
de son regard. « Bien, bien, retrouve ce masque à
l'occasion, et tu seras vengée, » disait-elle avec un
sourire terrible.

En ce moment, une voiture s'arrêta devant la
porte. Au coup de marteau elle reconnut la manière
de frapper de lord Dudley.

Malgré les tapis du vestibule, son pas bien connu
confirma sa venue. La porte s'ouvrit, et lord
Dudley entra, le front calme et joyeux comme d'habitude. Flore s'était assise, le regard fixe, pâle et
immobile. Comme elle se trouvait dans une demi-
obscurité, son amant ne vit pas l'expression tragi-
que de son visage. Allant droit à elle, il chercha de
ses lèvres celles de sa maîtresse. Une vive rougeur
remplaça subitement la pâleur mortelle de la jeune
femme. — « Quoi ! c'est vous mylord ? » dit-elle, en
feignant de ne pas l'avoir entendu entrer. Puis,
jetant ses bras autour du cou de son amant, elle lui
dit d'une voix entrecoupée de sanglots et de joie
délirante : « Enfin, te voilà ! je t'ai près de moi. Maintenant, je n'ai plus peur de rien. Vois-tu, je n'aurais
pas survécu à ton absence. Si tu savais, j'ai
tant pleuré depuis que je ne t'ai vu ! » Et se déta-
chant de ses bras, elle ajouta : « Tu restes muet ? tu
veux me dire adieu ? je ne te verrai plus ? » Et, pous-
sant un cri, elle se laissa tomber sur le sofa, en murmu-

rant d'une voix défaillante : « J'étouffe ! il me semble que je vais mourir. » L'adroite comédienne prit une pose pleine de grâce et de volupté. Elle cacha son visage de ses mains et feignit de perdre connaissance.

Un homme moins amoureux que lord Dudley, eût été comme lui dupe de l'émouvante comédie habilement improvisée par Flore, à seule fin de se venger de ce qu'elle appelait une infâme trahison. Ne s'était-il pas présenté subitement, ne l'avait-il pas trouvée pleurant de vraies larmes, pâlie par de véritables angoisses ? Cette pâleur, ces larmes ne les attribuait-il pas à l'anxiété où l'avait jetée la seule pensée d'être séparée de lui ? N'avait-elle pas perdu connaissance dans la joie de le revoir ? Tout cela fut accepté par son crédule amant, d'abord parce que la scène était admirablement jouée, ensuite parce que les hommes croient facilement tout ce qui flatte leur amour-propre, sans parler de l'aveuglement naturel de la passion satisfaite. Flore, à demi étendue sur son sofa, dans une attitude de dangereux abandon, le sein soulevé par des soupirs précipités, sa charmante tête appuyée sur un bras mollement replié, les yeux cachés par l'autre main, de manière à pouvoir examiner, à travers l'écartement des doigts, les traits de lord Dudley, et y lisant tour à tour la joie de retrouver sa maîtresse et la certitude d'être adoré plus que jamais.

Les diverses impressions de l'amant abusé se résumèrent par ces mots : « Ma bien-aimée Flore, par-

5*

donne moi de t'avoir trompée. Je t'aime, tu le sais bien. Vois-tu, la terreur de te perdre, me prouve maintenant, que sans toi, je ne saurais plus vivre. Tiens, vois-tu, Flore, je t'aime trop, tu me rendras fou. »

# XVII

## LADY DUDLEY

Laissons les deux amants, pour les retrouver bientôt, laissons-les engagés dans une conversation dont nous connaîtrons plus tard les résultats. Quittons l'élégant quartier de Portland square, pour nous transporter dans l'aristocratique *mansion* habitée par lady Dudley :

Cette maison est d'une charmante construction moderne, située entre cour et jardin. Un perron d'un style sévère donne accès dans un vestibule pavé de larges dalles de marbre et d'où part l'escalier qui conduit aux étages supérieurs. Au rez-de-chaussée se trouvent d'un côté le *parlour* [1], communiquant avec la bibliothèque, et de l'autre, la salle à manger. Au premier étage, le *drawing room* [2] et les autres

1. Parloir.
2. Salon de réception.

salons séparés par de simples tentures, le tout meu-
blé avec un goût exquis et une riche simplicité. A
droite de l'étage supérieur se succèdent une série de
pièces, chambres à coucher, cabinet de toilette et
fumoir, dénotant au premier aspect l'appartement
du maître de la maison. A gauche, dominant le jardin, on voit un ravissant salon de musique tendu de
damas blanc, et dont les meubles de bois de rose en-
foncent leurs griffes de cuivre doré dans un de ces
tapis de haute lisse aux couleurs vives et harmo-
nieuses qui font le bonheur des Orientaux; puis un
boudoir, bleu de ciel encombré de jardinières qui
offrent à l'œil des gerbes de fleurs et parfument l'atmosphère. Une chambre à coucher, autre merveille
du style pompadour dans toute sa splendeur; enfin,
la seule pièce de l'appartement dont l'unique fenêtre
située à l'extrémité de l'hôtel prend jour sur la cour,
est un second boudoir, moitié oratoire, moitié salon
de travail, dont les tentures vert d'eau, sont relevées
par des crépines d'or. Au fond de la pièce, un prie-
Dieu en ébène. Dans une niche sculptée, brille une
statue de la Vierge à l'enfant. Deux petites biblio-
thèques, une table à ouvrage, un berceau en bois de
citronnier, dans lequel reposait alors un baby aussi
blanc que le voile de dentelle qui le couvrait, deux
fauteuils et quelques poufs forment le reste de l'a-
meublement de ce joli réduit.

Six heures du matin venaient de sonner à une
pendule de vieux sèvres placée sur la cheminée. Une
jeune femme vêtue d'une robe de chambre de cache-

mire blanc est assise auprès du berceau, une main
appuyée au chevet de l'enfant qui sommeille, la
tête inclinée sur l'épaule et le corps légèrement replié sur lui-même; comme un faible roseau courbé
par le vent du nord. Sa physionomie douce et pure
est empreinte de souffrance et de mélancolie. Ses
grands yeux semblent fatigués par l'insomnie ; ses
paupières rougies décèlent des larmes récentes et les
veines légèrement gonflées de son cou font deviner
des sanglots contenus. A la voir ainsi, immobile et
silencieuse, un artiste ne voudrait pas d'autre modèle
pour peindre la Résignation. Cette femme est belle
dans toute l'acception du mot ; belle non-seulement
de la perfection de la forme, mais encore de cette
auréole d'innocence et de modestie, que Dieu ne fait
briller qu'au front de ses élus. Sa main blanche et
fine, un peu amaigrie, ses pieds délicats qui reposent
dans des mules de satin, l'attache de son cou, la
ténuité de ses poignets indiquent suffisamment cette
aristocratie de race, si rare maintenant parmi les
hommes, mais que les femmes bien nées perpétue-
ront à jamais.

Eh bien, cette merveilleuse créature est délaissée
pour une autre femme, belle aussi sans doute, mais
d'une beauté toute matérielle.

Le lecteur aura, sans aucun doute, reconnu lady
Dudley.

Au moment où la pendule venait de sonner, elle parut sortir de sa rêverie. Elle se leva doucement, jeta
un tendre regard sur le berceau, ramena un pli du

voile qui le couvrait et marcha vivement vers la
fenêtre ; elle écarta le rideau de mousseline et appuya son front brûlant contre la vitre glacée. La
cour de l'hôtel était déserte ; la neige tombant en
flocons serrés, blanchissait les pavés et couvrait
aussi de son manteau les toits des maisons voisines.
Les portes de la remise étaient ouvertes, un valet
d'écurie, la pipe à la bouche, frottait les cuivres d'un
harnais.

— « Rien, rien encore, » murmura Diane, en ré-
primant un geste d'impatience, dans la crainte de
réveiller son enfant. « Lui serait-il arrivé quelque
malheur ? Non, continua-t-elle, en s'exaltant peu à
peu, je ne puis supporter davantage un pareil sup-
plice. Il faut qu'il revienne à moi, à sa fille. Qu'avons-
nous fait toutes deux, pour qu'il nous abandonne
ainsi ? »

En ce moment le baby fit un mouvement et poussa
un cri. La jeune mère se précipita vers le berceau.

— Te voilà réveillée, ma Berthe, fit elle en prenant dans ses bras une adorable petite fille, toute
ronde, qui fait songer aux anges bouffis de Raphaël.
— Te voilà réveillée et tu demandes ton papa n'est-
ce pas ?

— Papa ! bégaya l'enfant de sa voix argen-
tine.

— Ton papa nous abandonne ; c'est à peine s'il se
souvient que nous existons. Oh ! Flore, Flore, s'écria la
pauvre mère, en pressant convulsivement son en-

fant dans ses bras, Flore, quelle est donc ta puissance? continua-t-elle, en renversant sa tête sur le dossier du fauteuil.

Sept heures bientôt, et il n'est pas rentré depuis hier au soir !

— Maman ! fit l'enfant, en jetant ses petits bras potelés autour du cou de sa mère en pleurs et plongeant sa tête frisée dans son sein.

— Chère enfant, sanglota Diane, que je serais malheureuse, si je ne t'avais pas, ma Berthe adorée ! O mon Dieu, reprit-elle, en dévorant ses larmes; elles sont donc bien attrayantes ces femmes sans cœur et sans pitié, pour qu'un homme leur sacrifie son bonheur intime, tout ce qui devrait être sa joie intérieure: sa femme et son enfant! Quel triste sort est le mien! Avoir à disputer son mari à des plaisirs inconnus, à des joies que j'ignore ! Pauvres jeunes filles, s'il nous était permis de connaître le monde, que de chagrins les femmes sauraient s'éviter! Qu'ai-je donc fait, et pourquoi mon mari ne m'aime-t-il plus? continua-t-elle à haute voix.

— Parce que votre mari n'a probablement plus assez de goût ni assez d'intelligence pour vous apprécier, répondit une voie fraîche et sonore.

# XVIII

## MADAME DE BLAIRANT

Diane se retourna vivement et un sourire joyeux vint percer à travers ses larmes, comme un rayon de soleil dans une pluie d'orage.

— Madame de Blairant! s'écria Diane en déposant sa fille dans son berceau et allant embrasser avec effusion la nouvelle arrivée.

Madame de Blairant était une femme de quarante ans, de taille moyenne, mais encore admirablement faite. Elle offrait un frappant contraste avec lady Dudley; ses cheveux encore très-noirs, l'œil toujours vif, la bouche souriante, la main grasse et mignonne, toute sa personne respirait la gaieté et le bonheur. Elle portait une toilette d'une extrême élégance et du meilleur goût.

Sans répondre à Diane, après l'avoir embrassée,

elle dénoua vivement les brides d'un chapeau vaporeux, un nuage de gaze sur un soupçon de soie, qu'elle déposa sur un meuble avec un magnifique cachemire, elle alla embrasser la petite Berthe et prenant les deux mains de Diane elle l'attira à elle et la regardant fixement :

— Quoi, dit elle, des larmes dans ces beaux grands yeux? Mais ce que m'a dit le comte de Cintray est donc vrai? Qu'y a-t-il donc? contez-moi vos chagrins; nous nous dirons bonjour après.

— Chère madame, que vous êtes toujours bonne! murmura Diane avec tristesse.

— Pour vous qui le méritez. Il y a si longtemps que je vous connais, que je vous aime comme ma fille. Vous avez des chagrins, confiez-les-moi sans crainte, à moi votre vieille amie. J'ai de l'expérience et de la raison sous mon apparence frivole. Je vous consolerai. Voyons, chère enfant, encore une fois, qu'avez-vous?

— Hélas! ne le devinez-vous pas?

— Votre mari?

— Il ne m'aime plus, il me trompe.

— Oh! ceci n'est pas une raison. J'ai connu des maris qui aimaient beaucoup leurs femmes et qui les trompaient également beaucoup. C'est assez l'usage de ces messieurs d'agir ainsi; ils ont même inventé pour leur justification une circonstance atténuante très-spécieuse. Un homme qui trompe sa femme fait un excellent mari. Que voulez-vous, mon enfant, ils ont accaparé le monopole de l'infidélité. Il faut leur rendre cette justice, qu'ils usent largement de leur privilége, ce qui ne les empêche pas d'être d'excellents citoyens et même, par hasard, d'assez passables maris. Ce qui fait, ma chère Diane, que je crois un peu à l'exagération de votre part, quand vous accusez votre mari de ne plus vous aimer; il ne peut être arrivé à ce degré d'idiotisme.

— Il ne m'aime plus, vous dis-je, répéta Diane en secouant tristement la tête.

— Votre cœur est bien malade; je me constitue votre médecin, dit madame de Blairant avec un tendre enjouement. Je prends un diplôme, je vous soigne; mais ne me cachez rien; car je veux vous guérir; et pour arriver à combattre et à vaincre le mal il faut en connaître la cause dans ses moindres détails.

— Pourquoi, chère madame, vous ferais-je partager mes tristesses?

— Pourquoi? mais n'est-ce donc rien que de soulager son cœur en versant ses secrets dans le sein d'une amie? N'est-ce donc rien que de pouvoir parler de son chagrin à celle qui s'efforce de le calmer? N'est-ce donc rien qu'un cœur qui compatit aux maux qui nous frappent? Une main qui cherche à guérir une blessure, doit-on la repousser? Non, pauvre ange affligée, en vous priant de ne rien me cacher, je vous parle comme le ferait votre mère, si elle était à ma place. Savez-vous, ma chère Diane, ce que Dieu, dans sa justice, aurait dû faire? continua madame de Blairant, en levant un doigt menaçant.

Ah! mylord, vous qui faites souffrir cette douce et charmante créature, que n'êtes-vous le mari de celle pour qui vous la trompez?

— Vous voulez que je vous dise tout? demanda Diane à son amie.

— Je fais plus, je l'exige.

— Eh bien, soit. Écoutez-moi.

Les deux femmes s'étaient assises côte à côte, près du berceau où sommeillait de nouveau la petite Berthe, comme deux anges du Seigneur veilleraient sur un chérubin. Diane s'efforça de contenir ses larmes et commença le récit de ses douleurs.

Comme ce récit, fort suffisant pour madame de Blairant, qui connaissait Diane depuis de longues années, ne serait pas assez explicite pour le lecteur, nous nous substituerons au lieu et place de lady Dudley pour raconter, en y joignant quelques détails indispensables, les faits qui furent le sujet de la confidence. Ce que nous allons écrire n'est malheureusement pas le fruit de notre imagination ; c'est une histoire véritable, un de ces drames intimes, tels que bien des familles en enregistrent dans leurs annales, drame qui, pour ne pas se dénouer devant la cour d'assises, n'entraîne pas moins souvent le deuil et le déshonneur.

Quand lord Dudley sollicita la main de Diane de Cassy, elle avait dix-huit ans. Elle était alors dans tout l'éclat de sa beauté. On comprendra aisément l'amour violent dont paraissait épris son futur. Celui-ci, du reste, spirituel, appartenant à une excellente famille; riche, élégant, instruit, doué de manières agréables, témoignant avec réserve toute la brûlante ardeur de son amour, n'eut qu'à se présenter pour plaire. Diane sentit battre son cœur et l'avoua naïvement à son oncle. Le comte de Cintray qui s'était d'abord opposé à cette union, par pressentiment sans doute, finit par céder, en croyant faire le bonheur de sa fille adoptive. Hâtons-nous de dire que, à ce moment, lord Dudley croyait aimer réellement sa fiancée; aussi, la première année de ce mariage fut-elle heureuse; puis, la naissance de Berthe vint resserrer les liens qui les unissaient.

— Oui, j'étais bien heureuse alors, disait Diane à madame de Blairant, en lui peignant l'amour de son mari; car à présent nous laisserons la parole à lady Dudley.

Nous vivions seuls dans un vieux manoir appartenant à mon oncle. Je voyais la vie au travers d'un prisme radieux. Hélas! mes illusions devaient bientôt s'envoler! Après une année de félicité, mon mari m'amena à Londres. Il acheta cet hôtel et le meubla avec luxe. Il commanda de nouvelles voitures et remonta ses écuries. Tout cela pour moi, disait-il; pour faire à notre amour un cadre digne de lui. Je le laissais faire en le grondant doucement, tout occupée de ma fille et craignant d'effeuiller notre bonheur, j'avais résolu de continuer ici la vie simple et retirée que nous menions à la campagne; aussi refusais-je les invitations de bals, de soirées et de fêtes de toutes sortes que nous recevions à profusion.

— En un mot, vous vous enterriez, interrompit madame de Blairant, en secouant la tête d'un air de blâme. Grand tort, ma chère petite, tort énorme, qui amène infailliblement la torpeur et l'engourdissement. L'amour, comme toutes choses, a besoin d'air vital pour durer longtemps. Il faut quelque occupation à l'inconstance naturelle de l'esprit, à défaut du travail, des peines et des soucis, qui sont bien souvent l'oxygène de l'amour. Dans notre monde, le principe vital qui entretient son existence, ce sont les bals, les fêtes, les parures, les plaisirs enfin.

— Ce tort, poursuivit Diane après un court silence, je l'ai cruellement expié. D'abord, les absences assez rares de mon mari se renouvelèrent peu à peu, et se prolongèrent chaque jour davantage. Tantôt, c'était une course, dans laquelle il se trouvait engagé, tantôt, une réunion d'amis, puis des soirées, des whist, que sais-je? Il retournait le soir au club, il y restait fort tard ; souvent même, il y passait la nuit entière.

— C'est bien cela, intervint madame de Blairant, avec impatience et en se levant vivement. Dans tous les ménages où le mari tourne mal, il y a du club, prétexte ou motif.

Je ne suis pas anglaise, continua madame de Blairant, donc cet usage, récemment exporté en France, peut aller de pair avec le plum-pudding et les bottes à triples semelles, représentant deux choses détestables par excellence. On n'a jamais rien emprunté de bon à l'Angleterre que la crinoline. Mais le club!

Une invention créée tout exprès pour protéger la vie en partie double, propager le goût du cigare, détruire les relations de famille, engloutir les fortunes au jeu. Quand on pense que tous les hommes ont la fureur de se faire recevoir à ce maudit club, et qu'ils se montrent aussi fiers de leur élection qu'un député qui vient d'obtenir toutes les voix de son arrondissement !

Et cela, parce que le suprême bon goût consiste, aux courses, à mettre un voile vert à leur chapeau ou à suspendre une médaille à la boutonnière de leur habit, comme les commissionnaires qui ouvrent les portières de nos fiacres.

Mais, pardonnez-moi, je me laisse follement entraîner par ma mauvaise humeur, revenons, ma chère enfant, à ce qui vous intéresse.

— Bientôt, reprit Diane, sous prétexte de ne pas troubler ma tranquillité, mon mari exigea que nous ayions chacun un appartement séparé, lui, là-bas, moi, ici. Depuis ce moment, je le vis de moins en moins. Je tâchais par mes soins, par mon amour de le ramener à moi. Je priai, je suppliai.

— Quelle école! fit madame de Blairant avec viva-cité. Vous creusiez l'abîme au lieu de le combler. Sachez que les hommes ne désirent jamais que ce qu'ils n'ont pas. Du moment qu'ils sont certains de l'amour d'une femme, ils n'ont plus rien à faire pour le conserver; alors ils la délaissent. Que voulez-vous, ma chère belle, ces messieurs sont ainsi faits. Il faut bien les prendre tels qu'ils sont et agir en conséquence. Notre grande finesse, à nous autres femmes, consiste à connaître leurs défauts et à les exploiter à notre profit. Au lieu de supplier, il fallait paraître indifférente; au lieu de pleurer il fallait rire et devenir coquette.

— Cela l'aurait fait souffrir.

— Le grand mal, en vérité! Voilà précisément votre tort.

— Mais, malgré ses absences et mon délaissement, il est toujours plein d'égards.

— Vraiment? cela est on ne peut plus généreux de sa part. Il n'eût plus manqué qu'il fût grossier. Ayez confiance en moi, ma chère Diane, laissez-vous diriger par moi; je vois clair dans tout ceci. — Je réponds de tout. Un nuage passe sur la lune de miel et le ciel s'éclaircit ensuite.

— Le croyez-vous? demanda la jeune mère, dont les grands yeux brillèrent d'espérance.

— J'en suis sûre.

— Que faut-il donc faire, docteur? murmura Diane en souriant.

— Vous le saurez; en attendant préparez-vous à recevoir une visite.

— Une visite de qui?

— D'un ami que vous aimez de tout votre cœur et qui vous le rend bien.

— Albert serait-il à Londres?

— Précisément.

— Ce cher Albert! s'écria Diane, sans chercher à cacher la joie que lui causa cette nouvelle. Quel plaisir de le revoir! il a toujours été un frère pour moi.

— Oui, répondit madame de Blairant, en se rapprochant de la jeune femme. J'ai toujours été surprise que votre oncle n'ait pas songé à un mariage entre vous et mon fils.

— Albert m'a toujours témoigné l'amitié la plus vive et la plus sincère ; mais jamais je n'ai vu dans ses moindres démarches un sentiment plus tendre.

— Je ne sais, répondit la mère du jeune homme. Mais il a dû se passer en lui quelque chose de terrible, à l'époque de votre mariage. Quelle est cette chose? je l'ignore ; mais il est certain quelle pèse sur sa vie.

— Il est vrai, dit Diane, que ce dégoût du monde n'est pas naturel chez un homme de vingt-six ans. Je me suis souvent demandé quelle était la cause du violent chagrin qui paraissait l'accabler.

— Ce fut également à cette même époque, que mon fils entreprit cette série de voyages périlleux, dans lesquels il risquait sa vie avec autant d'insouciance que si sa mère n'existait pas. Enfin, plus tard, nous découvrirons, sans doute, ce grand mystère; en attendant, préparez-vous à le recevoir.

En ce moment, on entendit au loin le roulement sourd d'une voiture. Diane courut précipitamment à la fenêtre, et s'écria : « Enfin, voici lord Dudley! » Elle se dirigea vivement vers la porte. Madame de Blairant la retint par la main.

— Qu'allez-vous faire?

— Mais, répondit la jeune femme, je vais le gronder.

— Et l'embrasser. Écoutez-moi, Diane : à partir de ce moment, que votre mari aille, vienne, sorte ou rentre, vous ne devez pas y faire la moindre attention.

— Cependant, ajouta Diane...

— Vous m'avez promis de m'obéir, commencez, je vous en prie ; songez qu'il s'agit de votre bonheur et de celui de votre fille.

— Ma fille ! Oh ! parlez, madame, je m'abandonne à vous.

— Très-bien. Il est dix heures à peine, vous avez tout le temps de faire une belle toilette.

— Une toilette ?

— Sans doute, je vous emmène déjeuner chez moi.

— Mais !

— Oh ! pas de mais, pas d'objections, ou je vous abandonne. Et, frappant sur un timbre, une femme de chambre parut.

— Préparez, pour votre maîtresse, la plus fraîche de ses toilettes.

En écoutant cet ordre, la cameriste fut pétrifiée d'étonnement ; elle regarda tour à tour madame de Blairant et sa maîtresse.

— Obéis, lui dit doucement lady Dudley.

— Oui, ma chère, fit madame de Blairant, il s'agit de punir lord Dudley et de le ramener aux pieds de ce bel ange.

— Oh ! je comprends, dit la bonne fille, qui n'avait rien compris. Pendant qu'elle préparait la toilette de sa maîtresse, — une robe de moire mauve garnie de dentelles blanches, — qu'elle bouclait les cheveux

6

noirs de lady Dudley, madame de Blairant, ensevelie
dans un large fauteuil, murmura en souriant :

— Ah! lord Dudley, vous délaissez, vous abandonnez votre femme pour quelques-unes de ces
beautés à la mode dont tout le mérite consiste en
l'art heureux de duper à la fois trois ou quatre
imbéciles comme vous. Eh bien, vous vous en
repentirez, mon cher, je vous le jure. Décidément le
comte de Cintray avait raison en me disant qu'il était
temps d'agir. Quant à moi, je suis fière d'avoir eu la
pensée de sauver cette enfant du péril qui menaçait
son bonheur.

# XIX

## LE BARON DE LONGCOURT CHEZ FLORE

Pendant que madame de Blairant complotait contre lord Dudley, et que Diane, obéissant à ses instructions, rehaussait sa beauté par une riche toilette du matin, lord Dudley rentrait dans son appartement, après avoir passé la nuit près de Flore.

Nous nous transporterons maintenant chez cette dernière qui, à force de ruses savamment combinées avait amené son amant à se croire aimé plus que jamais, ruses auxquelles il fut pris avec une déplorable facilité. Étant d'une nature faible, sans énergie morale, né pour le bien comme pour le mal, il se laissait toujours influencer par le dernier objet de son caprice. Sa jeunesse s'était passée dans une oisiveté complète. Tant que Flore l'aima, elle ferma les yeux sur cette absence de volonté ; mais du jour où elle se crut trompée, l'astucieuse femme comprit tout le parti qu'elle pouvait tirer de cette nature facile à dominer.

Quelques jours après les événements que nous venons de raconter, Flore était mollement étendue dans son boudoir capitonné de damas groseille. En face de la jeune femme assise dans une large et vaste chauffeuse se trouvait Charles de Longcourt que les lecteurs connaissent déjà. La rare beauté de Flore était dans son plus riche épanouissement, mais l'attrait principal et singulier de cette dangereuse créature consistait en une sorte de rayonnement sensuel et d'irradiation voluptueuse qui émanait de tout son être, de même que le fluide électrique se dégage de certaines organisations. L'action, pour ainsi dire magnétique, de l'atmosphère de sensualité qui entourait Flore, était telle que les gens les plus calmes et les plus froids en ressentaient, à divers degrés, l'irrésistible enivrement. Cette force d'attraction, tout à fait indépendante de la beauté physique, se produit souvent, même chez certaines femmes laides. Ce phénomène encore inexpliqué, quant à ses effets plus fréquents qu'ils ne le semblent au premier abord, fait parfaitement comprendre le pourquoi de ces égarements, de ces entraînements, de ces passions irrésistibles, et même en apparence inconcevables, causés par certaines femmes, belles ou laides, sottes ou spirituelles, sans distinction de classe sociale. Pour répondre péremptoirement à cette question maintes fois formulée : Comment se fait-il, comment est-il possible et croyable, que cet homme soit à ce point affolé de telle femme de qui la laideur, ou les vices, ou la sottise, ou l'ignominie devrait exciter d'insurmontables répulsions? Je dois vous avouer, chers lecteurs, que, si hardie qu'elle soit, ma plume est chaste autant qu'elle peut l'être pour de semblables sujets; elle se refuse donc à dévoiler certains mystères.

Nous avons laissé le baron de Longcourt dans le boudoir de Flore.

— Vous me disiez, cher baron que vous aviez vu lady Dudley et que vous la trouviez charmante.

— Après vous, ma chère amie, c'est assurément, la plus jolie femme que je connaisse. En vérité, ce monstre de lord Dudley est bien heureux.

— Lui avez-vous parlé à cette aimable personne?

— Parbleu, ne suis-je pas l'ami du mari?

— A-t-elle de l'esprit?

— Je le crois.

— Vous ne le savez donc pas d'une façon positive?

— Ma foi non. Après l'échange de quelques phrases avec elle, elle a l'habitude de se sauver comme un oiseau effarouché.

— Lord Dudley vous parle-t-il quelquefois d'elle?

— Où diable allez-vous chercher une pareille idée? Est-ce qu'il s'occupe de sa femme!

— Ce qui fait que d'autres peuvent s'en occuper, dit Flore, avec un méchant sourire.

— Pourquoi riez-vous? demanda le baron.

— Parce que je crois avoir deviné vos pensées.

Est-ce que l'image de cette céleste créature ne vous trotte pas dans la cervelle? Soyez franc une fois par hasard. Ai-je deviné juste?

— Mais on pourrait certes se préoccuper de femmes qui en vaudraient moins la peine.

— Je ne conteste pas la qualité; là n'est pas la question.

Je vous demande si sa beauté a fait impression sur vous. Mais là, comprenez-vous, une impression profonde?

— Flore, vous me faites subir un singulier interrogatoire, dit le baron d'un air outrageusement fat.

— Mon cher, que vous êtes donc bête pour un homme d'esprit !

— Merci, pour la fin de votre phrase.

— C'est vrai, vous vous efforcez, pour me répondre, de prendre une pose de jeune premier. Croyez-vous, par hasard, que je sois jalouse de votre lady Dudley? Il y a trop longtemps, que vous et moi ne sommes plus que des amis; d'ailleurs, je n'ai jamais été jalouse de personne.

— Parce que vous n'avez jamais aimé.

— C'est bien possible.

— Enfin, êtes-vous ou n'êtes-vous pas amoureux de cette belle délaissée?

— Vous l'exigez?

— Certainement.

— Eh bien, je ne le suis pas encore; mais je crois qu'avec un peu de bonne volonté je le deviendrai.

— Très-bien; mais je veux que cela se fasse promptement.

— Vous dites?

— Que cet amour s'accorde très-bien avec mes vues et je vous aiderai à réussir.

— Vous?

— Oui, moi.

— Ah! voilà qui est fort.

— Me croyez-vous une impuissante alliée?

— Dieu m'en garde! s'écria vivement le baron en s'approchant de Flore. Maîtresse absolue de l'esprit du mari, vous pouvez me servir grandement, au contraire; mais...

— Mais, quoi?

— Lady Dudley est tellement inattaquable!

— Eh! mon cher, interrompit Flore avec vivacité, personne n'est infaillible, pas même les anges, témoin Satan. Toutes les femmes se croient vertueuses, jusqu'au jour où elles cessent de l'être. Permettez-moi de vous dire que cette vérité est incontestable. Mettez-la à profit.

Le baron s'inclina.

— Vous croyez donc que si je tentais l'aventure, je réussirais? demanda-t-il après quelques instants de silence.

— Je le crois fermement.

— Ah! diable.

— Vous hésitez?

— Non, je réfléchis.

— Et le résultat de ces belles réflexions?

— Vous dites que vous m'aiderez?

— Oui, et de tout mon pouvoir.

— Alors, vous avez intérêt à voir tomber lady Dudley?

— Peut-être bien.

— Et vous voulez vous servir de moi pour arriver à vote but?

— Je vous sers en me servant moi-même.

— Diable! diable ! diable!

— Qu'avez-vous donc? Vous m'impatientez avec tous vos diables.

— Eh bien, Flore, avouez que vous voulez me mettre aux prises avec lord Dudley.

— Pourquoi faire?

— Mais pour vous en débarrasser adroitement.

— Au contraire, je veux le garder.

— On prétend qu'il est ruiné.

— Je le garde tout de même.

— Pas possible?

— Insolent!

— Flore, vous oubliez que nous nous connaissons de vieille date. Que vous gardiez lord Dudley, bien qu'il soit ruiné aux trois quarts, je le conçois; puisqu'il reste l'autre quart; mais enfin, pourquoi me poussez-vous à faire la cour à sa femme.

— Pour que vous deveniez son amant, répondit brusquement Flore.

— Je ne demande pas mieux ; mais à quoi cela vous servira-t-il?

— A me venger.

— D'elle ?

— Non, d'un autre.

— Je demande le mot de l'énigme ?

— Le voici dit Flore : Vous connaissez le comte de Cintray.

— Oui, dit le baron en rougissant un peu.

Ce nom lui rappela de quelle façon l'oncle de Diane l'avait chassé du boudoir de cette dernière.

— Vous seriez bien aise aussi de vous venger de lui ?

— Certes.

— De le blesser mortellement ; mais pas en face.

— Flore !

— Allons donc, de la franchise, mon cher, vous oubliez que nous nous connaissons de vieille date. Saviez-vous que le comte était à Londres ?

— Non.

— Eh bien, il est en ville. Il a été prévenu de la conduite de lord Dudley, il le croit moins près de sa ruine qu'il ne l'est réellement. Il veut le ramener à sa femme et l'arracher à mes griffes roses.

— Vous croyez ?

— Il me l'a dit lui-même. Oh ! c'est un adversaire loyal que le comte de Cintray ; il n'attaque pas ses ennemis sans les prévenir. Maintenant, baron, si vous voulez devenir l'amant de cette belle Diane, écoutez-moi : Je n'aime plus lord Dudley. Peut-être l'eussé-je congédié ces jours-ci, car son amour commence à me fatiguer ; mais, puisqu'on veut me l'enlever, je le garde. Maintenant, j'en veux au comte de Cintray parce qu'il m'a appris que mon amant m'a trompée ; je lui en veux parce qu'il m'a fait une de ces offenses qu'une femme ne pardonne jamais. Je hais lady Dudley, parce qu'on la dit inattaquable et que pour moi une femme inattaquable est une mortelle ennemie, envers laquelle j'ai juré d'employer tous les mensonges, toutes les calomnies possibles pour mordre de ma dent celle dont la chasteté est une vivante insulte. Vous comprenez que je ne puis lui pardonner la supériorité incontestable de la chaste mère de famille, et que je sacrifierai une partie de ma fortune pour jeter un peu de boue sur la réputation de cet ange, tout en m'efforçant de compromettre son bonheur.

Il y avait une telle expression de colère et de méchanceté dans ces dernières paroles de Flore que le baron tressaillit malgré lui.

— Oui, je veux me venger, continua-t-elle avec une animation croissante, et pour cela, je veux atteindre celle que le comte de Cintray entoure de tant de respect et de tant d'égards. Je veux perdre cette femme. Je ne m'explique pas pourquoi, mais je sens que c'est parce que le comte l'aime et qu'il me méprise.

— Mais, que vous importe l'estime du comte, vous le connaissez à peine ? Que vous a-t-il fait ?

— Ce qu'il m'a fait ? Il a eu l'air de me jouer la scène du père dans la Dame aux Camélias ; c'est pourquoi, en flétrissant celle qu'il entoure de son amour paternel, c'est de lui principalement que je me venge.

— Mais, si lady Dudley me repousse ?

— Essayez toujours.

— C'est juste ; qui ne risque rien n'a rien.

— En cas de revers, nous aviserons. Acceptez-vous ?

— Ma foi, oui ; lady Dudley est jolie, et comme vous je serais heureux de me venger du comte de Cintray.

— Alliance jurée alors ?

— Alliance jurée, répondit le baron en serrant la main que Flore lui tendit. Quand faut-il commencer l'attaque ?

— Le plus tôt possible.

— Et, suivant vous, quel mode de séduction faut-il employer ?

— Le plus simple est le plus sûr. Vous resserrez les liens d'amitié que vous avez noués avec lord Dudley. Vous irez souvent chez lui. Si toutefois vous y rencontriez le comte de Cintray, soyez poli, mais froid.

— Après ?

— Vous verrez indubitablement lady Dudley, vous lui ferez comprendre le profond intérêt que sa position vous inspire, tout en évitant de lui parler d'amour.

— Parfaitement.

— Tâchez de capter sa confiance, ne craignez pas de médire de moi, racontez la conduite de son mari, détaillez-en le mystère, avec adresse. De cette façon elle vous écoutera, s'habituera à vous et cherchera

bientôt d'elle-même à vous voir. Ayez l'air de servir
ses intérêts. Voilà le fil d'Ariane.

— Je comprends ; insensiblement l'amitié, le
dévouement se transforment en amour, respectueux
d'abord, et brûlant ensuite.

— C'est cela même. Tâchez qu'elle écrive, la cor-
respondance est essentielle, c'est la chose à laquelle
on amène le plus facilement les femmes et c'est
celle qui les perd toutes, et qui les déshonore.

— Mais, dit le baron, avant de frapper le grand
coup vous me préviendrez.

— Nous conviendrons de tout cela ensemble. Dans
ce cas, un voyage en Suisse vous sera salutaire, et
mille livres que vous prendrez chez mon banquier
avant de partir, vous donneront les moyens de faire
agréablement ce voyage.

— Flore ! fit le baron, en jouant la confusion.

— Pas d'enfantillage, dit la jeune femme qui connaissait à fond la délicatesse du baron. Vous savez
bien que vous êtes à bout de ressources. Entre amis,
on ne saurait se gêner ; même, d'ici là, si vous voulez
accepter mes services, ma bourse vous est ouverte.

— Vous êtes le plus charmant démon que je connaisse, dit le baron, en baisant les doigts effilés de
Flore.

— Ainsi, tout est convenu ?

— Tout.

— Eh bien, baron, bon courage et bon succès.
Voici l'heure à laquelle lord Dudley vient chaque
jour et je ne veux pas qu'il vous trouve ici.

— Il est donc bien jaloux?

— Oh! mon cher, insupportable. Si ce n'était le plaisir de la vengeance, ce serait avec une véritable joie que je l'expédierai *franco*, par le train le plus express auprès de madame son épouse.

Et la courtisane tendit sa main au baron et le congédia avec un geste de reine.

# XX

## LORD DUDLEY SE RENCONTRE CHEZ SA MAITRESSE AVEC MISS SMITH

A peine le douteux gentilhomme venait-il de quitter l'hôtel de sa rusée complice qu'un élégant phaéton s'arrêta devant la porte et que lord Dudley, jetant les guides à son groom, s'élança sous le vestibule.

— Madame, c'est mylord, vint dire un valet, en soulevant la portière du boudoir où Flore étudiait devant une glace l'effet de sa toilette.

— Quelle corvée! soupira-t-elle; puis, courant à son amant :

Vous voilà, mon ami, s'écria-t-elle, il me semble que vous êtes en retard. Il y a plus d'une heure que je m'ennuie de ma solitude et de votre absence. C'est que vous ne saurez jamais combien je vous aime !

Malheureusement pour Flore, elle fut interrompue dans son discours par une visite. On lui annonça Miss Smith, son ennemie intime, mais son invitée de chaque fête.

— Tiens, s'écria la visiteuse en apercevant lord Dudley, que devenez-vous donc, mon cher; il y a un siècle que l'on ne vous a vu nulle part, et l'on assure, que vous n'êtes jamais chez vous?

— Flore a dû vous dire qu'une affaire importante m'avait appelé à Paris pour quelques jours.

— Dites donc, mylord, est-ce vrai ce que l'on dit de vous au foyer de la danse en parlant du continent?

— Et que dit-on? ma toute belle, demanda le jeune lord visiblement contrarié et s'efforçant de prendre une pose toute juvénile.

— On dit que vous avez fait des infidélités à cette belle Flore pour une grosse fille toute ronde. Oui, mon bon, et même que madame sa mère exerce une profession un cordon à la main. On prétend même que vous passiez vos soirées dans la loge pour faire votre cour à sa fille et que sur le « cordon, s'il vous plaît » vous tiriez la ficelle.

— Et qui a fait courir ce bruit aussi ridicule qu'absurde, demanda lord Dudley en haussant les épaules.

— Mais personne, ma chère, il court tout seul.

— A propos, Flore, que devient donc le baron de Longcourt, demanda-t-elle à son amie, en se livrant, comme toujours, à la fougue de son joyeux caractère.

— J'ignore ce qu'il devient, répondit assez sèchement la maîtresse de la maison.

— Je crois savoir pourquoi il s'éclipse, dit lord
Dudley.

— Pourquoi ? fit Flore.

— Parce qu'il a peur de rencontrer sa passion
défunte. Vous savez celle qu'on lui a enlevée pour la
mettre au théâtre et dont un directeur, très-connu
pour son intelligence, vient de faire la réputation,
réputation que ce bon public a acceptée, comme tant
d'autres choses, sans savoir pourquoi.

— Quelle bêtise ! dit la visiteuse, il y a longtemps
qu'il est consolé.

— Tu en sais peut être quelque chose, toi?

— Du tout, ma petite, je ne donne pas dans la
Bourse.

— C'est parfaitement connu, répondit Flore, nous
savons tous que tu ne fais qu'y puiser.

— Voilà qui est parfait, dit lord Dudley en riant.

— Oh! c'est sublime ; mais ce n'est pas de Flore.

— Et pourquoi ne serait-ce pas de moi, ma
chère?

— Parce que ce n'est pas assez méchant ; puis
obéissant à la vivacité de sa nature inconstante qui
ne lui permettait pas de soutenir une discussion après
trois ou quatre ripostes, elle changea subitement de
ton. Pourquoi ne menez-vous pas le comte de Cintray
chez Flore? Je l'ai vu hier au théâtre, il me plaît
beaucoup. Vous voyez que je ne m'en cache pas.

— C'est une heureuse chance qu'il partage avec

plusieurs autres favorisés, indiqua Flore avec son sourire sarcastique.

— Cela prouve au moins, qu'avant de m'informer si un homme est riche, je commence par m'assurer s'il peut me plaire, et que si je ruine mes amants, au moins je les aime, riposta la courtisane aux cheveux rouges. C'est un avantage que, du moins, beaucoup d'autres ne partagent pas avec moi, ma chère.

Flore craignait une lutte d'esprit, lutte qu'elle était fort capable de soutenir; mais elle connaissait son adversaire et redoutait en présence de son amant, la vivacité souvent très-mordante de la courtisane.

— En vérité, dit lord Dudley, s'adressant à miss Smith, je n'y comprends rien. On ne trouve le comte nulle part.

— Si on ne trouve le comte nulle part, dit Flore, c'est qu'il est comme vous, mon très-cher, il est toujours au même endroit.

— Et en quel endroit ; demanda miss Smith.

— Mais, ma chère, pour te répondre, il faudrait connaître ses amours. « *That is the question?* » aujouta sentencieusement Flore.

— Ah! il est donc amoureux? dit lord Dudley, et de qui, ma petite Flore? Écoutez bien, chère miss, et calmez votre fureur jalouse.

— Que vous êtes stupide, mon cher, ma fureur jalouse! Je me moque pas mal de votre comte. — Dites-moi seulement de qui il est amoureux pourque je puisse la complimenter, cette élue.

— On l'ignore, dit Flore, en prenant un air moqueur; car elle trouvait que la conversation tournait
à son avantage.

— Diable! fit la rouge, si on l'ignore, c'est qu'il
s'agit d'une femme du monde.

— Floré partit d'un grand éclat de rire. Elle
poussa le coude de son amie qui, en ce moment, la
servait à souhait, bien qu'elle ne s'en doutât pas le
moins du monde.

# XXI

## RÉFLEXIONS ET CONVERSATION

Il faut croire que le cœur de Flore était bien
perverti pour ne pas comprendre que la calomnie
est l'assassin sans courage et sans force pour la lutte,
l'assassin qui surprend sa victime dans le sommeil et
qui se couvre le visage d'un masque pour se servir
de l'arme d'un autre. De tout temps, la calomnie a
été et sera la ruine des vertus au profit du vice
éhonté; c'est l'honneur écrasé sous le poids de la
lâcheté; c'est la voie qui conduit souvent au découragement et parfois au suicide; c'est le poison lent,
sûr et implacable, mille fois plus perfide que tous
les toxiques; eux ne tuent que le corps, tandis que
la calomnie tue l'âme et corrompt l'intelligence.
Malheureusement, ce poison est souvent distillé par
la bouche fraîche et rose d'une jolie femme, ou par

les lèvres menteuses d'un faux ami, à seule fin de
conquérir le piédestal et renverser la statue, quoi
qu'il sente bien que sur ce piédestal il ne pourra
jamais se hisser. A notre grand regret, nous sommes forcé d'avouer que tels étaient les sentiments
de Flore, pendant qu'elle lançait les paroles mor-
dantes qui devaient flétrir l'honneur de lady
Dudley.

Le fait est qu'elle savourait délicieusement les
premiers résultats de son projet. Elle espérait qu'un
mot imprudent serait compris par son amant et lui
permettrait d'aborder ce sujet brûlant qu'elle se
mourait d'envie d'entamer; mais pour lequel, cependant, elle voulait paraître avoir la main forcée. Or,
comme le mal a mille fois plus de chances de réussir, Flore se vit parfaitement secondée par cette chose
qu'on nomme le hasard. Les noms de Dudley et de
Cintray, prononcés à demi-voix par les deux femmes et accompagnés de bruyants éclats de rire
frappèrent l'oreille du jeune lord.

— Puisque je fais les frais de votre gaîté, faites-
moi, au moins, la partager, fit-il, avec un sourire
contraint.

Les deux courtisanes se turent comme par enchantement.

— Il paraît que vous disiez force méchancetés sur
mon compte?

— Nous ne parlions pas de vous, mon ami, répondit Flore.

— J'ai fort bien entendu mon nom et celui de

Cintray. En disant ces mots, un nuage sembla passer sur son front, il jeta un regard scrutateur du côté de sa maîtresse, qui affecta une émotion parfaitement jouée.

— Je vous assure que vous vous êtes trompé, balbutia Flore.

— Puisque vous le dites, cela doit être ; mais cela me paraît extraordinaire, répondit-il brusquement.

Les yeux de Flore lancèrent des éclairs de satisfaction. Oh ! pensa-t-elle, s'il pouvait prendre le change et devenir jaloux de moi ! pour me justifier, il faudrait bien lui tout apprendre. Puis elle reprit :

— Je ne sais, si le comte de Cintray est un séducteur de profession ; mais j'avance que si j'étais l'amant ou le mari d'une jolie femme, je fuirais son intimité.

— Ne dites donc pas cela, ma chère, dit la visiteuse, en savourant une tasse de thé. On dirait que vous ignorez que le comte de Cintray est l'oncle de lord Dudley.

— Personne n'ignore que le comte de Cintray a vu grandir lady Dudley sous ses yeux, répondit Flore d'une voix mielleuse, et qu'il a conservé pour elle une affection toute paternelle, ce qui rend fort peu dangereuse l'intimité qui existe entre le comte et sa nièce. Je sais bien, continua-t-elle, que quand une fille adoptive devient femme, le père d'adoption s'efface parfois pour faire place à l'adorateur, mais ce qui me console c'est que notre ami ici présent est trop bien élevé pour être jaloux de sa femme.

— Est-ce qu'on est jaloux maintenant! dit miss Smith, on n'en a pas le temps.

— C'est vrai, l'amour est un vélocipède, appuya Flore.

— Tiens! C'est pour cela que les hommes sont si coureurs maintenant.

— Bravo, ma chère, dit le jeune lord, en se maîtrisant de son mieux ; puis, après une pause : vous disiez donc que le comte est amoureux ?

— On le dit sur tous les tons.

— Et de qui, s'il vous plait ?

— Vous nous feriez un grand plaisir en nous l'apprenant, mon ami. Pour en revenir à ce que je disais, continua Flore, d'un ton sérieux, j'ajouterai que la grande réputation de vertu de votre femme et la noblesse de cœur du comte ont fait de cette affection paternelle un touchant symbole de l'amitié la plus pure.

— Mon Dieu ! interrompit la belle aux cheveux d'or, qui se demandait où Flore en voulait venir, n'insiste donc pas autant sur ce sujet. Ce cher lord a bien autre chose à faire que de s'occuper de sa femme, j'imagine.

— Madame ! dit lord Dudley, que cette conversation gênait visiblement.

— En vérité, vous avez l'air de vouloir être jalouse du comte, lui souffla Flore à l'oreille.

— N'essayez pas de me tromper d'avantage, dit-il, de manière à n'être entendu que d'elle. Je ne suis pas aussi aveugle que vous paraissez le supposer.

— Je ne vous comprends pas, mon cher, balbutia la courtisane.

— Si vous voulez bien m'accorder quelques instants, après le départ de votre amie, je m'efforcerai de me faire comprendre.

Malgré tous ses efforts, Flore ne parvint pas à amener une rougeur accusatrice sur son front. Enfin, miss Smith, s'aperçut qu'elle gênait les deux amants et se disposa à prendre congé. Elle tendit sa main au jeune homme, en lui recommandant de ne plus tromper Flore à son prochain voyage à Paris.

Puis, elle entraîna son amie avec elle.

— Je vous la renvoie tout de suite, dit-elle au jeune lord, qui se garda bien de lui répondre, dans la crainte de la voir se rasseoir. Les deux femmes quittèrent le salon.

Dès qu'elles furent seules, miss Smith dit à son amie:

— Pas de pose entre nous. Qu'espères-tu que te rapportera le déshonneur de lady Dudley ? Ne lui as-tu pas déjà pris le père de son enfant ?

— Je ne sais ce que tu veux dire, répondit Flore, un peu alarmée de la perspicacité de son amie, tu es folle.

— Tu sais bien que non.

— Qu'est-ce que cela peut me faire que cette Diane trompe son mari? Cela ne pourrait que me servir puisque je l'aime.

— Tu aimes lord Dudley, toi? fais-lui croire cela ainsi qu'aux imbéciles; mais pas à moi.

— Mais enfin, pourquoi veux-tu que tu lui apprennes que sa femme le trompe?

— Dame, il y a une loi qui autorise le divorce en Angleterre, il me semble. Voilà, ma chère comment je comprends la chose; mais bast, c'est ton affaire, je te quitte. Adieu!

— Comment cette rougette a-t-elle pu deviner mes pensées, se demanda Flore en rejoignant son amant.

De son côté, miss Smith se disait en s'en allant:

— Est-elle assez méchante cette Flore! Ce n'est pas assez de lui avoir pris son mari, il faut encore qu'elle lui vole sa réputation. Elle déteste cette pauvre petite femme parce que c'est une grande dame; quant au comte de Cintray, puisqu'elle ne peut le souffrir, il est clair pour moi que quand une femme comme nous déteste un homme riche comme lui, c'est qu'il n'a pas voulu mordre à l'hameçon, je connais ça par expérience. Et cette Flore qui vient me dire qu'elle aime lord Dudley! Un grand dadais qui en est à ses derniers coupons. Plus souvent! Du reste, je m'en lave les mains.

Puis, elle ordonna à son cocher de rentrer; car, elle se souvint tout à coup que le très-cher du jour l'attendait depuis deux heures au moins. Que lui dirai-je quand il va me demander à quoi je pense de le faire poser ainsi ? Je lui dirai que la constance est toujours méconnue! Et la folle et insouciante courtisane se mit à fredonner une chansonnette en vogue.

Maintenant, retournons auprès de Flore qui a rejoint son amant.

# XXII

## LORD DUDLEY DÉFEND SA FEMME. — JALOUSIE DE FLORE

Nous devons dire à la louange de celui-ci qu'il n'avait pas pensé un seul instant, qu'en parlant de sa femme et du comte devant lui, on eût eu la pensée de porter atteinte à son honneur de mari. Il délaissait complétement sa femme, mais il n'avait jamais douté de sa vertu; aussi le soupçon qui lui traversa l'esprit se rapporta-t-il uniquement aux relations qui pouvaient exister entre Flore et le comte. Enfin son nom accolé à celui de Cintray et prononcé au milieu des éclats de rire de Flore et de son amie, venait exciter sa méfiance et faire naître sa jalousie, car il était ou croyait être éperdument amoureux de sa maîtresse. Naturellement soupçonneux, comme toutes les natures sans énergie, craignant sans cesse la souffrance, parce qu'il ne se sentait pas la force de la supporter; sans être jaloux par nature, il l'était par inquiétude d'esprit, tant il craignait le ridicule.

Flore avait suivi d'un regard la marche des pensées qui jetaient une ombre sur le front de son amant, et elle y lisait comme dans un livre ouvert; confiante dans la réussite de son projet, elle attendait, sans la provoquer l'explosion de sa jalousie.

En rentrant près de son amant, elle s'assit à ses côtés.

— Je suis maintenant tout à vous, mon ami, lui dit-elle, vous avez l'air souffrant?

— J'ai, madame, que je vois plus clair dans votre conduite que vous le supposez.

Elle leva sur lui ses beaux yeux étonnés et le regarda comme s'il lui parlait une langue inconnue.

— Vous ne me comprenez pas, reprit le jeune homme avec colère.

— Pas le moins du monde.

— Le comte de Cintray est votre amant, s'écria brutalement lord Dudley.

— Vous dites? interrogea la courtisane d'un air indigné.

— Je vous répète que vous me trompez indignement.

— Mylord, s'il n'y avait pas trois heures que j'ai le bonheur de vous avoir auprès de moi, je croirais que vous êtes ivre?

— Cela n'est pas répondre.

— Que voulez-vous que je vous réponde?

— La vérité.

— Quelle vérité?

— Celle relative à vos amours avec le comte de Cintray.

Flore, sans lui répondre, alla s'asseoir près de la fenêtre et se mit à feuilleter un album.

— Flore, s'écria le jeune lord, outré d'un tel dédain, voulez-vous me faire la grâce de me répondre?

— Interrogez, mylord.

— Mais enfin, que dois-je penser?

— Ce qu'il vous plaira.

— Flore?

— Mylord?

— Je vous accuse, et vous ne cherchez pas à vous justifier !

— Vous ne m'accusez pas, vous m'insultez. Et permettez-moi de vous le dire, ce n'est pas agir en gentleman.

— Laissons là les grands mots et expliquons-nous...

La jeune femme se leva et se dirigea vers la porte.

— Où allez vous? demanda lord Dudley en l'arrêtant.

— Je vous cède la place; car je ne sais ce que vous prétendez me faire avouer, répondit-elle avec hauteur.

Avez-vous donc le droit de m'interroger sur mon passé?

Lorsque je me suis laissée prendre à vos serments

d'amour, vous ai-je caché que comme tant d'autres, j'avais été entraînée sur une pente fatale. Oh ! mon passé, remords éternel, souvenir souvent maudit ! Vous me direz que la punition est juste : mais, voyez-vous, j'avais espéré qu'en m'appuyant sur la main que vous me tendiez, j'avais espéré m'arrêter sur le bord de l'abîme ; j'avais cru, pauvre folle, que cette main ne me faillirait pas, et voici qu'au lieu de me soutenir et de me consoler, elle me repousse. Mais, soyez tranquille, mon ami, je saurai me résigner et souffrir sans me plaindre.

— Mais enfin, êtes-vous coupable ou non de ce dont je vous accuse ? interrogea vivement lord Dudley, qui ne demandait qu'à se laisser convaincre.

— Je ne me justifierai pas, croyez ce qu'il vous plaira.

— Mais, au moins, expliquez ces rires moqueurs que j'ai entendus ici même. Vous ne voyez donc pas combien je souffre en vous parlant ainsi ?

Flore se tenait debout devant son amant et le regardait en silence. Elle voyait que cette nature, dominée par sa volonté fléchissait déjà et ne pouvait fournir une dose plus grande d'énergie. Pour elle, le moment était venu de frapper le coup décisif ; en conséquence, l'astucieuse créature appela à son secours l'effet toujours certain, les larmes, et se laissant tomber sur un sofa :

— « Que je souffre ! murmura-t-elle. Je ne puis pourtant pas lui apprendre ce que je sais, il ne me comprendra jamais. »

On ne saurait croire combien il y a de femmes comprises qui se plaignent de ne l'être pas. Il y a dans cette réflexion du reproche, de la résignation et du mystère, qui non-seulement éveille la curiosité, mais qui remue le cœur; enfin, jamais ce mot n'a été prononcé devant une femme sans qu'elle s'y laisse prendre. Lord Dudley subit la loi commune.

Se rapprochant de sa maîtresse avec moins de colère.

— Que signifient vos paroles?

— Elles signifient, mon ami, répondit Flore, en profitant du changement qu'elle avait opéré, elles signifient, que cette scène, que je reculais autant qu'il m'était possible, me brise le cœur parce qu'elle exige que nous prenions une résolution extrême. Vous savez combien je vous aime, c'est même la violence de cet amour qui me brise le cœur; cependant, il faut que nous nous séparions.

— Que dites-vous là, Flore?

— La triste vérité, mon ami.

— Je ne vous comprends pas, expliquez-vous plus clairement; car vous me rendez fou, je ne sais ce que vous devez m'apprendre; mais qu'importe! quelque pénible que soit la vérité, je veux que vous me la disiez tout entière. Parlez donc, je vous le demande en grâce.

— Écoutez, mon ami, le courage me manque pour la lutte, je ne puis me contenir plus longtemps, je vais tout vous dire; mais souvenez-vous que dans le malheur qui vous frappe, je serai toujours là pour vous aimer et vous consoler.

— Mais qu'y a-t-il donc?

— Je vous l'ai déjà dit: Il faut nous quitter; car en restant près de moi, vous ne pouvez veiller sur votre honneur.

— Mon honneur, fit lord Dudley que ce mot fit bondir, en quoi donc est-il menacé? Comment! pour le défendre, faut-il nous séparer?

— En restant ici vous risquez de le voir ternir.

— Veuillez vous expliquer.

# XXIII

## JALOUSIE DE FLORE

— Qu'osez-vous dire? interrogea le jeune lord en pâlissant.

— Calmez-vous, mon ami, et croyez que cette confidence est presqu'aussi pénible pour moi que pour vous; mais comme je suis la seule cause du mal, je dois le réparer; car si vous ne m'aviez pas aimée, vous vous seriez sans doute occupé de votre femme, et aujourd'hui, vous n'auriez pas à intervenir pour empêcher l'ennui et l'abandon d'ouvrir à l'amant la porte de votre hôtel.

— Flore, s'écria lord Dudley, savez-vous que vos paroles signifient que milady aurait manqué à ses devoirs, et je ne souffrirai jamais que personne lui fasse cette insulte.

— Loin de moi une semblable pensée, répliqua

Flore, dont les yeux étincelèrent de rage en voyant l'indignation de son amant. Votre femme est pure, et c'est pour cela que je vous conseille de retourner auprès d'elle, car livrée à elle-même, elle subit les mauvais conseils d'un ami perfide. Elle est sans cesse poursuivie par l'amour de cet homme, car elle se livre à lui sans réserve.

— Mais cet homme? Son nom?

— Le comte de Cintray.

— Ce que vous dites là n'est pas possible.

— Supposez-vous que moi, votre amie, j'irais vous répéter des bruits vagues, si je ne leur savais pas un fonds sérieux.

— Mais le monde en parle donc?

— Le monde est toujours avide de scandale.

— Cependant, le comte est l'oncle de milady, presque son père. Je vous le répète, c'est impossible!

— O miracle de l'aveuglement conjugal! ce que l'on dit est bien vrai, s'écria la courtisane avec un sourire de dédain.

— Flore, c'est vous qui vous dites mon amie et qui parlez ainsi?

— Oui, c'est moi, qui suis jalouse de garder votre honneur pur et sans tâche; mais pour cela, il faut voir clair; pardonnez-moi si je vous fais la lumière trop vive.

— Parlez, que savez-vous?

— Rien de plus que ce que je viens de vous dire, n'est-ce pas assez? rappelez vos souvenirs. Qui trou-

vez-vous toujours près de votre femme? Le comte,
n'est-ce pas?

— Cela est vrai.

— Chaque jour, à toute heure?

— Oui.

— Quand lady Dudley sort, où va t-elle? chez le
comte. Quand quelqu'un l'accompagne à la prome-
nade, c'est le comte.

— Sans doute; mais cette intimité peut s'expliquer par la parenté.

— Écoutez, mon ami, votre femme est jolie, très-
jolie même. Croyez-vous au platonisme de l'amitié
entre un homme de quarante-trois ans et une femme
de vingt ans? De la part de lady Dudley, cette amitié
peut être réellement pure ; mais du côté du comte,
ajouter foi à cette candeur serait sottise; vos amis
vous railleraient sans pitié. Croyez-moi, ce que vous
avez de mieux à faire, c'est de fermer impitoyablement
votre porte au comte et de défendre à votre femme
de le recevoir.

— Mais des preuves, demanda-t-il, des preuves...

— Elles sont dans la conduite du comte. Rappelez-
vous que le monde est inexorable. Si vous hésitez,
dans quelques jours, il ne sera plus temps. Ne se
serait-il rien passé, les apparences sont là et le ridicule aussi.

Puis, ce dernier coup porté, elle attendait l'effet
de ses paroles.

Lord Dudley pâle et agité, laissait voir sur sa
physionomie bouleversée les traces du combat qui

se livrait en lui. D'abord, il s'était refusé à croire;
mais le doute peu à peu s'était glissé dans son
cœur. Son premier mouvement fut l'indignation,
le second la colère, le troisième la conviction; il ne
soupçonnait pas Diane; il croyait à l'amour du
comte, il reconnaissait que sa propre conduite le
mettait dans son tort. Mais, ce qu'il craignait surtout, c'était le ridicule prêt à fondre sur lui; enfin, il
s'arrêta au parti que Flore lui avait conseillé et
qu'il croyait être le plus sage ; car il ne doutait plus
de la véracité de sa maîtresse depuis qu'elle avait
articulé nettement les faits.

Flore lisait tout cela sur le visage de son amant,
elle commença donc son œuvre de générosité en pro-
diguant au malheureux qu'elle venait de torturer
une effusion de tendresse ; caresses, que l'infortuné
mari reçut avec reconnaissance.

Au point du jour, lord Dudley quitta son indigne
compagne. Le calme avait fait place aux émotions
de la veille. Deux résolutions étaient solidement
ancrées dans sa tête ; la première relativement au
comte ; la seconde de ne jamais se séparer de Flore qui
venait de lui donner une si grande preuve d'amour.

Comme on le voit la courtisane n'avait pas perdu
son temps, et la pauvre Diane, privée de son unique
soutien, allait se trouver complétement isolée.

# XXIV

## LE COMTE DE CINTRAY

Pendant cette même nuit, la pauvre mère abandonnée dont le sommeil fuyait les paupières, veillait près de son enfant et priait Dieu de lui rendre son époux. Lady Dudley voyait chaque jour augmenter ses tourments et ses inquiétudes. Il n'y avait que la tendresse du comte de Cintray, et l'espoir qu'il lui donnait toujours de voir son mari repentant qui apportât quelque adoucissement à son mal; mais, grâce à Flore, les illusions de Diane avaient promptement fait place à une réalité d'autant plus poignante que son mari s'éloignait chaque jour davantage. Il laissait passer plusieurs jours sans la voir. Elle souffrait en silence, mais enfin sa santé s'altéra par les longues nuits d'insomnie et d'angoisse. Son caractère changea; elle, si bonne, si douce, si patiente autrefois, devint sombre et maussade. Le comte de Cintray se désolait et maudissait du fond du cœur l'homme qu'il regardait avec raison comme le bourreau de son enfant bien-aimée. Ainsi que l'avait dit Flore, il venait chaque jour passer de longues heures près de sa nièce et s'efforçait par sa présence de lui remonter le cœur, tout en lui cachant avec soin tout ce qui pouvait augmenter ses inquiétudes. Mais elle ne s'abusait plus sur la triste réalité de sa position. D'ailleurs, le baron de Longcourt n'était-il pas là pour lui dévoiler avec un odieux empressement tout ce que son oncle lui cachait. Cet homme sentait que le comte le chasserait honteusement, comme il avait déjà fait, s'il apprenait sa conduite ; c'est pourquoi il persuada à lady Dudley qu'il était indispensable de lui garder le secret. Vous devez comprendre, milady, lui avait-il dit, l'énormité de la faute que mon respectueux attachement me fait commettre ; ne suis-je pas l'ami de votre mari, cependant, je vous dévoile ses moindres actions ; ce que je fais là est très-mal ; mais lorsque je vous vois souffrir, je n'ai pas le courage de résister à vos prières et je continue à vous tenir au courant des funestes erreurs de votre mari. Seulement, je vous prie de ne pas confier au comte ce que je vous révèle ; car, si je suis coupable, c'est par excès d'amitié. Vous ne voudriez pas attirer sur moi la punition dont les tristes lois de la société m'accableraient.

Naturellement Diane ajouta foi à ses propos men-

8

songers. Elle promit le secret, elle cacha donc à son oncle les fréquentes visites du baron.

Le lendemain de la scène qui se passa entre Flore et lord Dudley, Diane recevait la visite de son oncle comme de coutume. Le comte savait que lord Dudley venait d'épuiser les derniers débris de sa fortune; aussi voulut-il prévenir sa nièce contre de nouveaux malheurs. Il tremblait que lord Dudley n'obtînt des pouvoirs qui lui permissent de toucher à la fortune de sa femme.

— Tu me comprends bien, n'est-ce pas, mon enfant, ne signe rien, sans me prévenir; tu me le promets?

— Que m'importe la misérable question d'argent! répondit la jeune femme. Je n'ai plus à m'occuper de la fortune; sans lui, l'argent n'est rien pour moi.

— Tu oublies ton enfant, ma Diane. Veux-tu qu'un jour elle te reproche de n'avoir pas su veiller sur des biens qui lui appartenaient? Veux-tu un jour la voir malheureuse?

— Mon oncle, que dites-vous là?

— Je dis, ma fille chérie, que tu dois agir comme je te prie de le faire, à moins que tu n'aies plus confiance en moi.

— Que ferais-je sans vous, qui êtes mon seul soutien?

— Alors, tu consens à te conduire selon mes conseils?

— Oui, mon oncle.

— Promets-le-moi, sur le bonheur futur de ta
fille.

— Je vous le promets.

— Merci, mon enfant, dit le comte en pressant
Diane sur son cœur. Oh ! ma pauvre enfant ! murmu-
ra-t-il sourdement....

— Mon mari ! s'écria Diane, en essuyant ses yeux ;
car lord Dudley venait d'apparaître sur le seuil de
la porte.

# XXV

## LORD DUDLEY CHEZ SA FEMME

Le jeune lord savait que le comte se trouvait en ce moment chez sa femme. Toujours sous l'influence de ses soupçons jaloux, il entra d'un pas ferme. Au froid salut du comte, il répondit par une inclinaison de tête, puis, s'adressant à sa femme avec une profonde ironie :

— Je regrette fort de vous déranger; mais à l'avenir je vous ferai demander une audience en règle, puisque c'est le seul moyen de vous parler sans témoins. A cette ouverture brusque, Diane demeura immobile, ne comprenant pas où voulait en venir son mari.

— Que dites-vous donc là, mylord? demanda le comte. J'ai probablement mal entendu; mais cependant j'ai compris que vous vouliez être seul avec Diane.

— Je suis heureux de votre perspicacité qui me dispense de m'expliquer plus clairement, monsieur le comte, dit sèchement lord Dudley.

A cette nouvelle insulte, la colère fit monter le sang à la tête du gentilhomme. Ses yeux lançaient des éclairs, et ses joues s'empouprèrent; puis, par suite d'une réaction subite, il devint d'une pâleur mortelle. Il était évident qu'une fureur contenue fermentait dans son cerveau prêt à faire explosion. Diane eut peur.

— Mon oncle! s'écria-t-elle.

— Ne crains rien, mon enfant, dit le comte, en se calmant, puis se tournant vers le jeune lord : Entre gens comme il faut, monsieur, il y a des choses qu'on exprime d'une façon compréhensible pour tous, mais sans brusquerie pour personne ; malheureusement, les nuances qui faisaient le mérite de la bonne compagnie d'autrefois, disparaissent chaque jour; aussi faut-il se montrer sage en se montrant intelligent.

— Monsieur le comte, les leçons me sont peu agréables.

— Je le crois, mylord ; car on n'apprécie les leçons que lorsqu'on n'a plus rien à apprendre.

— Mais enfin, dit Diane en intervenant et en s'adressant à son mari. A quoi voulez-vous en venir ?

8*

— A ceci, qu'étant le maître chez moi, je ne désire recevoir que les gens qui me plaisent.

— Le comte paraissait calme, et s'avançant lentement près de lady Dudley :

— Mylord, dit-il, d'une voix grave. Au chevet du lit de mort de M. de Cassy, mon beau-frère, le père de votre femme, je fis à genoux, la main appuyée sur le Christ, un serment ; je jurai de veiller sur le bonheur de Diane. Il y a de cela quinze ans et cette scène est encore vivante dans mon cœur. A chacune de mes paroles lentement prononcées, je crois toujours voir jaillir des larmes de ses yeux déjà voilés par la mort. Lorsque j'achevai, son regard s'éteignit avec une sublime expression de radieuse confiance. Le geste qu'il fit, en plaçant la main de sa fille dans sa main, semblait dire : Je te demanderai là-haut compte du bonheur de mon enfant.

Eh bien, mylord, je vous préviens qu'en dépit de vous-même et des obstacles que je rencontrerai, je tiendrai mon serment.

— Mais, avant son oncle, avant son père, une femme n'a-t-elle pas son mari ?

— Oui, quand le mari remplit ses devoirs ; or, j'en appelle à votre conscience, Diane est-elle heureuse ? Non certes, ses larmes sont là pour l'attester.

Lord Dudley, qui sentait renaître sa colère en présence de ce reproche justement mérité, dit à sa femme :

— Je vous défends, moi votre mari, entendez-vous bien, je vous défends de recevoir votre oncle à l'avenir.

— Je ne vous reconnais pas le droit de me donner un pareil ordre, répliqua la jeune femme, chez qui l'indignation faisait naître la colère.

— Ne suis-je plus maître ici, dit lord Dudley en frappant du pied ?

— Non, répondit froidement Diane.

— Et depuis quand, madame ?

— Depuis que vous avez transporté votre domicile chez votre maîtresse.

— Est-ce monsieur le comte qui vous a enseigné ces grandes phrases, demanda lord Dudley en reculant devant la réponse de Diane, car il n'avait jamais soupçonné cette énergie vivace qui se révélait tout à coup. Prenez-garde, madame.

— Prenez garde vous-même ; j'ai tout supporté en silence jusqu'à présent ; mais la résignation se lasse à la fin.

— Diane, dans le principe, je ne m'adressais pas à vous, répondit lord Dudley qui se sentait dominé par la colère de sa femme.

— Mais enfin, dit Diane, de quel droit voulez-vous me priver de l'amitié de l'homme que j'aime ?

— Que vous aimez ? répéta lord Dudley.

— Mylord, dit le comte, en s'interposant, la société que malheureusement vous fréquentez vous a déshabitué du respect que l'on doit à toute honnête femme.

— Il est vrai, ajouta milady, que je ne vous croyais pas descendu encore assez bas pour manquer complétement de savoir-vivre.

— Madame, dit le comte, interrompant sa femme, je vais vous dire pourquoi je vous défends de recevoir cet homme, car vous avez l'air de ne pas me comprendre.

— Je vous en saurai gré.

— Cela est bien simple, monsieur le comte, pour sa conduite déloyale qui tend à vous faire sortir de la ligne de votre devoir.

— Cela n'est pas vrai, exclama Diane avec indignation.

— Mais laissez donc achever votre mari, dit le comte d'une voix railleuse. Ne voyez-vous pas qu'il débite admirablement sa leçon?

— De quelle leçon voulez-vous parler monsieur?

— Mais de celle qu'on vous apprend dans Portland square et qu'une drôlesse de vos amies vous enseigne et vous fait répéter.

— Monsieur le comte !...

— Vous n'oseriez pas le nier, mylord.

— Je sais, monsieur, que vous avez beaucoup d'esprit et l'esprit railleur.

— Vous êtes bien bon, mylord; mais comme je vous parle sérieusement, je vous serais infiniment obligé de me faire grâce de vos sarcasmes. Vous disiez donc, du moins, je l'ai cru comprendre, que j'étais amoureux de Dian ?

— Oui, et je le maintiens.

— Êtes-vous bien sûr de ce que vous avancez là ?

— Parfaitement.

— Ah ça, où avez-vous donc découvert cette triomphante vérité ; vous aurait-elle été révélée par quelque tireuse de cartes ou dans les salons de votre maîtresse ?

— Monsieur le comte !...

— Mais, mon cher lord, est-ce que je me trompe, en disant que vous fréquentez, parfois ce monde de bonne compagnie ?

— Encore une fois, monsieur le comte, je vous répète que je parle sérieusement.

— Vous faites bien de l'affirmer ; car, à vous entendre on pourrait en douter.

— Dois-je vous céder la place ?

— Ma foi, vous feriez tout aussi bien ; car pour ce que vous venez faire ici, il vaudrait autant, sinon mieux, que vous n'y missiez jamais les pieds.

— Il me semble, monsieur le comte, que vous oubliez...

— Quoi donc, mylord ?

— Que la porte de ma maison vous est fermée...

A cette dernière insulte le comte pâlit et, d'un geste, imposa silence à Diane qui voulait intervenir.

— Je savais, mylord, que depuis longtemps vous faisiez bon marché des convenances dues à votre monde, entraînant votre nom dans une société indigne; que vous dévoriez votre fortune avec des misérables créatures, qui du reste sont bien dignes de vous; mais je ne vous croyais pas encore tombé aussi bas, je l'avoue, pour agir aussi grossièrement avec un homme de votre classe. A mes yeux, votre conduite passée était celle d'un pauvre fou; mais, pour qualifier votre action d'aujourd'hui, il me faudrait employer devant ma nièce, une expression qui me répugne. Je vois à la rougeur de votre front que vous avez compris, n'est-ce pas?

— Monsieur!...

— Assez, mylord, pas de nouvelles insultes. Ce serait remuer la boue qui vous jaillirait au visage. Précisez. Que signifie votre conduite? Est-ce bien sérieusement que vous me prétendez amoureux de cette enfant, près de laquelle j'ai remplacé le père?

— Oui, vous êtes amoureux de ma femme.

— Sortez, mylord, dit Diane au comble de l'exaspération. Ici, je suis chez moi et je vous défends d'y mettre les pieds.

— Laissez, mon enfant. Vous savez bien que l'on ne doit se fâcher que pour les choses et contre les personnes qui en valent la peine. Or, de deux choses l'une: ou ce malheureux n'est pas dans son bon sens, et alors, il faut se hâter de le faire soigner, le cas étant grave; ou s'il jouit de la plénitude de ses facultés, ce qui serait bien autrement malheureux, alors il serait tombé si bas que ses honteuses calomnies ne pourraient nous atteindre ni l'un ni l'autre, et mériteraient tout au plus notre pitié.

— Je ne vous répondrai plus, dit lord Dudley. J'ai dit tout ce que j'avais à dire. Il ne me reste plus qu'à me retirer.

— Pas encore, dit le comte ; à mon tour, j'ai à vous parler. Souvenez-vous que vous êtes conduit par une main aussi habile que perfide. Prenez-garde ; car le chemin que vous prenez vous mènera tout droit au ban de la société, et le bourbier dans lequel vous roulerez, sachez-le, étouffe honteusement ses victimes. Vous torturez lâchement le cœur d'un ange que Dieu a placé près de vous. Vous ne vous souciez nullement de l'avenir de votre enfant. Vous avez été un mauvais fils. Vous êtes un mauvais mari et un mauvais père. Et bientôt, au lieu d'un gentleman comme vous étiez, on ne verra plus en vous qu'un misérable ; ne vous crispez pas ainsi, votre colère menaçante ne me fait pas peur. Maintenant, je vous quitte ; sans aucun motif, vous m'avez adressé l'insulte la plus sanglante qu'un homme puisse jeter au visage de son égal. Vous me fermez votre porte. Si je m'estime trop pour relever une pareille injure, je vous fais encore l'honneur de vous estimer assez pour croire que je doive attendre chez moi vos excuses, ne désirant pas rester une minute de plus dans cette maison. Seulement, continua-t-il en s'adressant à Diane, souvenez-vous, ma pauvre enfant, que chez moi, votre appartement est toujours prêt. Hélas ! je crains bien que d'ici à peu de temps, il soit votre unique refuge.

— Mon oncle, balbutia Diane, ne m'abandonnez pas !

Elle ne put en dire plus et tomba évanouie. Le comte sonna vivement et remit sa nièce aux mains de sa femme de chambre. Il passa froidement devant lord Dudley et lui dit, en le regardant bien en face :

— Je crois, Dieu me pardonne, que vous songez à devenir veuf, maintenant que vous êtes ruiné.

# XXVI

## FLORE VIENT CHERCHER SON AMANT

Avant que le comte ait eu le temps de se retirer,
un valet présenta sur un plateau une lettre à lord
Dudley. Celui-ci la décacheta vivement, la parcourut, devint pourpre et parut indécis. La lettre était
conçue en ces termes: « Mon cher lord, j'aurais deux
» mots à vous dire. Je vous attends en bas dans ma
» voiture. De grâce, ne me refusez pas un entretien
» de dix minutes. Il s'agit pour moi d'un intérêt fort
» grave. — Flore ».

Diane, qui peu à peu avait repris connaissance,
échangea un regard rapide avec son oncle. Son
attention étant attirée par le piaffement de chevaux,
elle se précipita à la fenêtre et aperçut arrêté devant
l'hôtel un élégant coupé, attelé de deux beaux
chevaux, richement harnachés. Diane avança la

9

tête en dehors, cédant à un mouvement de curiosité plein d'angoisse, lorsqu'au même instant, Flore, qui était dans la voiture, se pencha à la portière, leva les yeux, et les regards des deux femmes se rencontrèrent. Presqu'aussitôt la courtisane se rejeta dans le fond de sa voiture, pendant que Diane restait éblouie de la beauté de sa rivale. Elle fut rappelée à elle par un éclat de voix.

— Mylord, quelle est cette lettre ? demanda le comte, et où allez-vous ?

— Monsieur le comte, les lettres que je reçois ne concernent que moi, dit Dudley au moment où sa femme se retournait.

— Je sors pour un instant et serai bientôt de retour.

— Il ment, dit Diane, éperdue de douleur et de désespoir. Cette femme est là dans sa voiture, elle l'attend à la porte.

Puis, s'adressant à son mari d'un ton solennel :

— Tout est à jamais rompu entre nous si vous sortez.

— Il ne sortira pas, dit vivement le comte, ou malheur à cette femme !

Le comte avait à peine achevé ces mots que e jeune lord prit son chapeau et sortit brusquement.

— Allons, s'écria le comte d'un air triste, le malheureux est perdu.

Diane devint blanche comme la mort. Elle se rapprocha lentement de la fenêtre ; et vit son mari monter précipitamment dans la voiture qui s'éloigna rapidement. Tout en la suivant d'un regard morne et sombre, la jeune mère murmura sourdement.

— Adieu pour toujours. Je t'ai fidèlement aimé ; mais je ne suis pas de celles qui supportent le mépris. Tu viens de tuer mon amour ; c'en est fait de lui.

Le lendemain de ce jour où Flore vint enlever lord Dudley sous les yeux de sa femme, il rejoignait en cab, vers dix heures du matin, son hôtel que Diane avait quitté deux heures auparavant.

Le valet de pied lui remit un billet que la jeune femme lui avait laissé.

— « Mylord, — lui disait elle — les derniers liens » sont rompus entre nous. Je me retire chez le » comte de Cintray où je trouverai asile et protec- » tion. Je vous laisse la libre jouissance de tout ce » qui m'appartient. Tant que vous respecterez ma » retraite, je ne ferai pas valoir mes droits ; si vous » essayez de la troubler j'en appellerai aux juges » qui, en légitimant une séparation devenue indis- » pensable entre nos personnes, la prononceraient » également pour les intérêts. J'espère que vous » comprendrez bien cette position et que vous évi- » terez un éclat, qui tournerait contre vous- » même ».

Lord Dudley, mécontent de lui-même, et en proie

à une espèce de remords vague, ne sachant pas comment sortir de sa fausse position, se hâta de reprendre une voiture et retourna chez sa maîtresse, afin de la mettre au courant de ce qui venait de se passer.

# XXVII

## FLORE OFFRE UNE LETTRE A SON AMANT

Flore se montra de fort mauvaise humeur en revoyant son amant, auquel elle avait fait prendre la bonne habitude de venir toujours à la même heure, afin de se donner à heure fixe la jouissance de torturer sa victime.

Le jeune lord avait suivi sur le visage de sa maîtresse cette impression fâcheuse d'indifférence et d'ennui, qui dénote d'une façon certaine l'agonie d'un amour qui s'éteint ; quoi qu'il en soit, il avait espéré que le malheur qui le frappait et dont Flore était la seule cause, lui vaudrait de la part de celle-ci un retour d'amour.

Nous avons déjà dit que lord Dudley n'avait reçu qu'une éducation très-superficielle. Il avait rougi ses yeux à dévorer toutes les théories romanesques de

l'amour, comme il arrive souvent aux esprits mal
dirigés. Il n'avait laissé pousser dans son cœur que
les rêveries dangereuses et coupables, comme tout
terrain mal cultivé laisse les mauvaises herbes
étouffer les bonnes semences. De toutes ses lectures
funestes, il n'en avait pas même extrait cette vulgaire
sagesse qui enseigne que l'amour, ainsi que l'arbre
le plus fort, de même que la plante la plus fragile,
ainsi que toutes les choses de ce monde, ne reverdit
plus au cœur, du jour où il a commencé sa période de
décadence. Lord Dudley fut donc cruellement déçu
en ne trouvant chez sa complice que raillerie et
mépris au récit de son malheur.

— Comment ! mon cher, votre femme vous a
quitté, vous, un si bon mari ? Voyons, ne me regardez pas avec un air désolé ; n'avez-vous pas la consolation que donne la certitude d'une conduite irré-
prochable ?

— Le moment est mal choisi pour railler dit lord
Dudley.

— Que voulez-vous que je fasse ? demanda Flore.
Voulez-vous que je vous donne une lettre pour lady
Dudley dans laquelle je lui dirai : « Milady, j'avais
» cru vous rendre service en vous prenant votre
» mari ; puisque vous en jugez différemment, je vous
» le rends, tel que je vous l'ai pris, et malheureuse-
» ment tel qu'il sera toute sa vie. »

— Flore, souvenez-vous que je saurai sacrifier,
sans la moindre hésitation, toute mon ambition,
l'amour de ma femme, l'avenir de mon enfant, la

considération du monde, l'honneur de mon nom.

Elle se contenta de jeter un regard glacial à l'homme qu'elle avait perdu.

Le cœur du malheureux se serra avec douleur.

— Voyons, Flore, ne me repoussez pas au moment où j'ai le plus besoin de vous.

Mais il était trop tard. La courtisane n'éprouvait plus que du mépris pour cet homme auquel elle s'était donnée avec une folle passion qu'elle n'avait plus maintenant ; son amant n'était qu'un désenchantement perpétuel d'elle-même. Elle l'aurait peut-être encore aimé, s'il s'était montré exigeant et tyrannique ; mais il était trop soumis, pour qu'elle ne s'aperçût pas qu'elle s'était livrée à un lâche. Pourtant la douleur réelle que montrait son amant fut sur le point d'exciter sa pitié. Elle se souvint qu'elle l'avait réellement aimé, cet homme. Après quelques instants de réflexion, elle hésita à le précipiter dans l'abîme qu'elle comptait bientôt ouvrir sous ses pas.

— Non, c'est impossible, se dit-elle, il m'a fait une de ces offenses qu'une femme ne pardonne pas. J'ai juré sa ruine, son déshonneur et sa mort. Il est ruiné, déshonoré, maintenant il faut qu'il meure !...

Quelqu'un qui aurait pu sonder Flore pendant l'entretien qu'elle avait en ce moment avec son amant, et qui eût pu lire au fond de son âme le violent combat qui s'y livrait, eût tremblé à son aspect.

Cette femme dont le visage était, il y a quelques instants, altéré par le conflit des pensées sinistres auxquelles elle était en proie ; cette femme avait repris comme par enchantement tout le calme assuré de sa beauté, toute la limpidité de son regard, toute la grâce et toute la confiance de son sourire. Tant de puissance sur elle-même et tant d'art pour dissimuler ses souffrances physiques, devait tout faire craindre d'une pareille femme. Quiconque eût pu voir avec quel adorable sourire elle dit au jeune lord : « Vous voyez bien, mylord, que je me suis raillée de vous, vous n'êtes qu'un enfant. Vous n'avez pas compris que je voulais vous donner l'occasion de me prouver cet amour passionné dont vous m'entretenez si souvent et auquel je voudrais croire, parce que si j'y croyais...

— Que feriez-vous ?

— L'indiscret ! le curieux ! Je vous demande une preuve d'amour, n'est-ce pas assez clair ?

— Après ce que je viens d'entendre, si je pouvais ajouter foi à vos paroles, combien je serais heureux !

— Soyez donc heureux, mylord ; car, cette fois, je parle sérieusement.

— Au risque de passer à vos yeux pour un niais, j'admets maintenant que vous soyez sérieuse. Cette preuve d'amour, quelle est elle ?

— En vérité, mon cher, j'hésite.

— J'en étais certain, vous vous moquiez encore de moi.

— Vous vous méprenez sur la cause de mon hésitation. Il me serait tellement pénible de vous voir déchoir de la haute opinion que j'ai de votre courage.

— Flore, ce seul doute est pour moi une offense.

Je suis de ceux qui ne reculent devant qui que ce soit.

— Je sais, mon cher lord, que vous êtes d'une bravoure éprouvée. Vos nombreux duels vous ont rendu redoutable. Chez un homme, la vaillance est auprès des femmes une puissante séduction, je le sais mieux que personne.

— Si vous disiez vrai ! s'écria lord Dudley troublé par le regard enchanteur dont sa maîtresse accompagna ces dernières paroles.

— N'en doutez pas, mylord. Mais je dois ajouter que les plus intrépides, l'épée à la main, manquent parfois de courage moral....

— C'est donc une preuve de courage moral que vous attendez de moi ?

## XXVIII

### SÉDUCTION

— Oui, et cette preuve si vous me la donnez...

Flore s'interrompit; mais l'expression de ses traits ravissants, le coup d'œil fin et hardi qu'elle jeta sur son amant complétèrent la pensée qu'elle n'avait émise qu'à demi.

— Flore, je vous jure, que tout ce qu'il est humainement possible à un homme de faire, je le ferai; ordonnez.

— Oh! mon ami, maintenant plus que jamais, je comprends vos succès auprès des femmes : quel dévouement ! quel cœur intrépide que le vôtre !...

— De ce cœur, de ce dévouement, disposez-en; souveraine, je suis à vous, je ne m'appartiens plus depuis que vous m'avez ensorcelé.

— Le secret de ma sorcellerie est bien simple. Faut-il achever?

— Oh! achevez!

— Non, soyons sages, parlons raison.

— Est-ce possible, quand vous me rendez fou.

— Voyons, mylord, soyons raisonnables et revenons à cette preuve d'amour que j'attends de vous.

— Je vous écoute.

— A six heures, il va venir ici un jeune homme.

— Qui est-il?

— Vous le saurez, puisque je vous le présenterai.

— A moi, et dans quel but?

— Afin que vous soyez aimable pour lui.

— Pourquoi voulez-vous que je sois aimable pour ce petit jeune homme?

— Ce petit jeune homme a près d'une tête de plus que vous.

— Qu'importe sa taille? Eh! pourquoi voulez-vous que je me mette en frais d'amabilité envers un inconnu?

— Parce que cela me plaît apparemment.

— Mais enfin, ma chère Flore...

— Comment! vous hésitez déjà, et vous prétendez m'aimer?

— Quoi! cette preuve d'amour que vous me demandez consiste à me montrer aimable pour cet inconnu?

— Oui, d'abord; mais j'exigerai davantage tout à l'heure.

— Toujours au sujet de ce monsieur?

— Toujours.

— Je m'y perds, reprit lord Dudley; continuez, de

grâce, et puisque vous le désirez, je me montrerai
fort aimable pour ce petit jeune homme qui a une
tête de plus que moi.

— Il arrive de sa province.

— Bien obligé!

— Vous me ferez donc le plaisir de ressentir pour
mon protégé une sorte de sympathie subite, afin
de le produire tout de suite dans un milieu élégant. Vous lui proposerez de le présenter à votre
club.

— Mais vous savez bien que le premier venu n'est
pas admis au Jockey-club.

— Ce jeune homme n'est pas le premier venu, il
est bien élevé, il a, ainsi qu'on le dit, un grand nom.
Vous présidez le comité d'admission de votre club;
or, si vous le voulez, mon provincial sera reçu
parmi vous, grâce à votre influence.

— Votre provincial! ah ça, Flore, est-ce que par
hasard vous voudriez me faire jouer le singulier
rôle de.....

— Au revoir, mon cher lord.

— Voyons, Flore, ne vous fâchez pas.

— A chaque parole, vous élevez une difficulté ou
vous faites une supposition plus ou moins désobli-
geante. Est-ce ainsi que vous pensez me convaincre
de votre dévouement à mes volontés?

— Alors, c'est dit; votre jeune homme sera reçu
à mon club.

— C'est très-heureux! Enfin pour avoir l'occasion de présenter notre candidat aux mem-

bres de votre comité d'admission, vous les engage-
rez, eux et lui, à souper chez moi, demain, sa-
medi.

— Soit ; en un mot, si je comprends votre pensée,
il s'agit de lancer le provincial parmi la jeunesse
dorée de notre monde.

— C'est cela même, mon cher lord.

— Une question.

— Parlez.

— Si vous vous intéressez à ce monsieur, je n'ai
pas besoin de vous faire observer qu'expérimenté,
comme peut l'être un jeune homme qui vient
à Londres, probablement pour la première
fois.....

— Vous avez raison, il sort tout battant neuf de
ses sapinières d'Écosse.

— En ce cas, il y a fort à parier que, lancé dans
le monde, s'il est riche, il se ruinera, comme tant
d'autres.

— Il ne faut pas qu'il se ruine, ou plutôt, il ne
faut pas laisser à ce jeune homme le temps de se
ruiner.

— Comment?

— Cela dépendra encore de vous, mon cher.

— Je puis empêcher ce monsieur de se ruiner,
moi?

— Oui, vous.

— Et comment cela?

Vous, si brave l'épée à la main, manqueriez-vous
de courage moral?

— A propos de quoi pourrais-je manquer de courage moral ? En vérité, vous parlez par énigme.

— Mon cher ami, répondit Flore en fixant ses beaux yeux sur son amant, si vous me donniez la preuve d'amour que je veux...

— Flore ! s'écria le jeune lord, en bondissant au choc quasi-électrique de ce coup d'œil chargé d'enivrantes promesses, ne me regardez pas ainsi, ou je perds le peu de raison qui me reste. Je suis à vous, corps et âme ; que faut-il faire ?

— Ne pas laisser à ce monsieur le temps de se ruiner.

— Encore une fois, comment puis-je l'en empêcher ?

— En abrégeant ses jours quand je vous le dirai.

— Vous dites ?

— Je dis, reprit Flore, sans que la moindre émotion se trahit sur son masque redevenu de marbre, que si vous tuez cet homme en duel, et cela le plus tôt possible, je suis à vous, pour toujours. Votre femme vous a quitté, nous partirons pour un pays lointain.

— A cette proposition de tuer un homme, lord Dudley, bien que spadassin endurci, pâlit et fit un brusque mouvement pour s'éloigner de Flore. Son honneur de gentilhomme se réveilla et se révolta tout à coup.

Après un moment de stupeur, il s'écria avec indignation :

— Ah ! Flore, c'est affreux !

Il est impossible de dépeindre le regard de froid
dédain, le sourire de sinistre raillerie dont la courtisane écrasa son amant, auquel elle dit d'un ton sardonique :

— Vous m'excuserez, mon cher lord, je suis obligée
de me priver à l'avenir de votre excellente compagnie. Votre présence n'ayant plus de but, je préfère
recevoir mon jeune homme en tête-à-tête.

— Mais, Flore, reprit lord Dudley, de plus en plus
indigné, vous n'y songez pas.

— A quoi ne songeai-je pas?

— Ce que vous me proposez là est un lâche assas-
sinat.

— Est-ce tout, monsieur? Voulez-vous maintenant m'entendre?

— Non, vous m'épouvantez.

— Est-ce que par hasard, lorsque vous avez tué
en duel le jeune comte d'Essex, vous l'auriez assas-
siné?

— Il m'avait insulté.

— Et qui vous dit que ce jeune homme ne vous
insultera pas? Alors que feriez-vous, s'il vous
plaît?

— En ce cas, balbutia lord Dudley avec embarras ; — car la question était vraiment perplexe,
— je ne sais.

— Votre honneur, si chatouilleux d'ordinaire,
subirait donc patiemment, cette fois, un outrage,
même une provocation ?

— Si ce jeune homme m'outrageait, je.....

— Il vous outragera, et cela de la façon la plus sanglante, je vous en donne ma parole. Ainsi, poursuivit Flore avec un redoublement d'ironie, vous subiriez honteusement une offense, par cela même qu'en la vengeant vaillamment, l'épée à la main, vous seriez certain d'être à jamais aimé de moi.

# XXIX

## SIR WILLIAM ANLEY

— Sir William Anley, dit à haute voix un domestique, vêtu de noir, qui après avoir frappé discrètement à la porte du boudoir, introduisit le jeune Écossais.

Sir William n'avait pas, avant son voyage à Londres, quitté la maison paternelle, dont la simplicité égalait le confortable. Depuis son arrivée dans la capitale, il était descendu à Charing-Cross-Hôtel. Il ne soupçonnait même pas le luxe extravagant dont il fut ébloui en entrant chez Flore, en traversant la salle d'attente et les salons meublés avec une splendeur inouïe qui précédaient le boudoir ; aussi, son émerveillement allait-il en augmentant à la vue du riche tapis d'hermine de ce boudoir, où le satin, la dentelle, les voluptueuses peintures des panneaux,

des portes et du plafond, les porcelaines les plus
rares, les cristaux, les glaces de Venise, mariaient
leur éclat au frais coloris des fleurs dont le parfum
embaumait l'atmosphère. Enfin, lorsqu'au milieu de
ces merveilles qui semblaient être le cadre de l'incomparable beauté de Flore, sir William vit cette
séduisante femme étendue sur un sofa, dans une attitude pleine de grâce et d'abandon, il resta pendant un
moment cloué au seuil de la porte, l'œil fixe, la poitrine
oppressée, n'osant faire un pas en ayant. Lord Dudley
contemplait avec une sorte de curiosité mêlée de com-
passion ce jeune homme, de qui il devait d'abord
faire son ami, et ensuite sa victime, s'il voulait continuer à mériter les bonnes grâces de sa maîtresse.
Malgré la gaucherie de sir Anley, il se sentit presque
touché de l'expression loyale et candide de son mâle
et doux visage, tandis que Flore toisait l'ingénu d'un
coup d'œil rapide et souriait d'un air de cruelle satisfaction.

Ces divers incidents produits par l'introduction de
sir William, incidents qu'il nous faut décrire si longue-
ment se produisirent presque instantanément; car au
bout de quelques minutes à peine, sir Anley eut d'autant plus conscience de son ridicule embarras, que
dans le premier éblouissement causé pas l'aspect de
Flore, il n'avait pas remarqué la présence du jeune
lord. La crainte de prêter à rire à un étranger, rappela le jeune Écossais à lui-même. Son amour-propre,
sa fierté se révoltèrent. Il fit un violent effort, salua
Flore le plus gauchement du monde, sans quitter le

seuil de la porte et dit d'une voix tremblante de confusion.

— Madame, j'ai reçu la lettre que vous m'avez fait l'honneur de m'écrire.

Flore se leva, s'approcha du jeune homme et lui dit avec un doux sourire et une cordialité charmante, en l'attirant vers le divan où elle le fit asseoir près d'elle :

— Permettez moi, dear sir, de vous traiter en ami, bien que ce soit la première fois que j'aie le plaisir de vous voir. Nous ne sommes pas aussi étrangers l'un à l'autre que vous pourriez le croire. Je comprends à merveille qu'un intrépide chasseur comme vous, qui quitte pour la première fois ses montagnes, se sente un peu dépaysé dans notre Londres; mais je tiens à vous prouver, mon cher sir, que l'on trouve autant de franchise que dans votre belle Écosse, et que nous savons apprécier les gens de cœur. Lord Dudley, un de mes amis, auquel j'ai l'honneur de vous présenter, partage mon opinion, — et jetant un regard significatif à son amant, — il tâchera, ainsi que moi de ne pas vous donner une trop mauvaise opinion des Cockneys.

— Sir, dit cordialement lord Dudley, à qui le gracieux accueil de Flore rendait quelque assurance, on fait vite connaissance entre gens du même monde. Ce titre est le seul que j'aie à faire valoir auprès de vous. C'est donc au nom de cette communauté que je me mets à vos ordres et ce serait pour moi un plaisir de vous faire les honneurs de la cité.

— « A merveille. Je suis contente de vous. » Telle fut la signification du regard que Flore lança à son amant.

Sir Anley, aussi surpris que charmé de l'affectueuse courtoisie de son nouvel ami, reprenait un peu d'assurance, et de plus en plus frappé de la merveilleuse beauté de Flore, il commençait déjà à subir l'influence du fluide sensuel qui se dégageait de cette dangereuse sirène.

Les deux amants possédaient trop le monde pour ne pas laisser au jeune homme le temps de savourer à loisir son heureuse bienvenue; car, il ne pouvait encore trouver une parole pour exprimer sa gratitude; aussi Flore se hâta-t-elle de lui dire :

— Nous nous entretiendrons tout à l'heure du contenu de la lettre que j'ai eu le plaisir de vous adresser et à laquelle je dois votre aimable visite.

Puis, s'adressant à son amant, elle lui dit :

— Il faut que vous sachiez que sir Anley a les titres les plus particuliers à mon amitié et à la bienveillance de mes amis.

Sir William, abasourdi d'apprendre qu'il avait des titres à l'amitié de la courtisane, surmonta son embarras et dit d'une voix émue :

— Madame, et vous mylord, veuillez m'excuser, si j'exprime mal ma gratitude pour un accueil auquel j'étais loin de m'attendre.

Le jeune Écossais tendit sa large main à lord Dudley en lui disant avec un accent de loyauté si candide, que celui-ci en fut touché :

— Mylord, laissez-moi vous serrer la main, c'est de bon cœur et de tout cœur.

— C'est aussi de bon cœur et de tout cœur que je vous serre la main, répondit courtoisement le jeune lord se disant *in petto* : non jamais, je n'aurai le courage de tuer cet énorme ingénu.

— « Et moi, j'affirme que tu le tueras », se disait Flore en elle même, remarquant l'expression compatissante de son amant.

Puis elle dit tout haut :

— Puisque vous voici en bon termes avec lord Dudley, il se fera un plaisir, je n'en doute pas, de vous faire recevoir au Jockey-Club dont il est membre.

# XXX

## AMITIÉ DE FLORE POUR SIR WILLIAM ANLEY

— Madame, répondit sir Anley avec embarras, inconnu que je suis, je n'ose prétendre à une pareille faveur.

— Rassurez-vous, cher sir, je suis président du comité d'admission, sur lequel j'exerce une certaine influence.

— Un homme comme vous, n'est déplacé nulle part, interrompit Flore, et si demain vous voulez accepter à souper chez moi, ainsi que lord Dudley avec quelques-uns de ses amis, il aura l'occasion de vous présenter à eux. Soyez persuadé que ces messieurs vous accueilleront comme vous méritez de l'être; et lorsqu'ils vous connaîtront, votre admission au Jockey sera chose faite.

— Je ne sais, en vérité, comment vous remercier,

madame, de votre bonté, répondit sir William; mais je crains de paraître déplacé au milieu de ce monde élégant.

— Enfin, c'est convenu, dear sir; demain vous ferez votre entrée dans le monde élégant.

Ce disant, d'un coup d'œil expressif, Flore engagea lord Dudley de se retirer. Il se leva et tendit la main à sir Anley.

— Au revoir, sir, je suis enchanté d'avoir fait votre connaissance. Bien que nos relations soient récentes, je vous prie de me compter à l'avenir au nombre de vos amis.

— Si peu, mylord, que j'aie droit à cette amitié, si flatteuse pour moi, je l'accepte et vous en rends grâce, dit le jeune Écossais, répondant avec effusion à l'étreinte de son nouvel ami.

— Celui-ci baisa galamment la main de sa maîtresse et quitta le boudoir, en songeant à part soi :

— Non, décidément je ne tuerai jamais ce grand garçon-là, mais quel est ce mystère, pourquoi diable Flore veut-elle sa mort? Quel démon! Jamais elle ne m'a paru plus attrayante qu'aujourd'hui. Si vraiment elle ne m'avait instruit de ses projets, je crois que je serais capable d'être jaloux de cet innocent et alors, ma foi, chacun pour soi et le champ clos pour tous ».

Lorsque lord Dudley fut parti, Flore s'adressa à sir Anley qui était resté debout après avoir pris congé de son ami.

— Voyons, causons, — et elle lui fit signe de se rasseoir auprès d'elle.

Sir William subissait de plus en plus l'irrésistible attrait de Flore, attrait dont il ne s'expliquait ni la nature ni l'étendue. Dans son inexpérience il ne pouvait deviner quelle était la position sociale de cette femme enchanteresse, entourée du prestige d'une grande opulence, qui disait s'intéresser à lui, et qui s'emparait soudain de sa destinée, lui dictait sa volonté, lui adressait les flatteries les plus câlines, l'invitait à souper chez elle, où il devait rencontrer l'élite de la jeunesse dorée de Londres. En vain, il cherchait le mot de l'énigme. Il se rappelait les termes de la lettre qui l'amenait chez Flore, lettre reçue par lui le matin de son arrivée à l'hôtel. « Miss » Flore prie sir Anley de vouloir bien passer chez » elle vers six heures, désirant lui faire une com- » munication importante, et se dit son humble ser- » vante. » Un valet de pied en livrée avait prié le chasseur de Charing-Cross-Hôtel de remettre ce billet à sir William en personne. Comme le jeune Écossais était chez lui, la missive put être remise tout de suite.

Le lecteur verra plus loin l'explication du mystère apparent de cette lettre.

— Combien j'ai de choses à vous dire, dear sir! dit Flore au jeune homme, j'ai d'abord des excuses à vous faire.

— A moi, madame?

— La communication que j'ai à vous faire et pour

laquelle je vous ai écrit, bien qu'existant réellement, n'était qu'un prétexte pour vous attirer chez moi. Il faut que vous sachiez d'abord que vous m'intéressez vivement. Me pardonnerez-vous ma ruse en faveur du motif qui m'a guidée?

— Sans aucun doute, madame, mais d'où me connaissez-vous, et en quoi ai-je pu mériter l'intérêt que je vous inspire?

— C'est que je vous connais beaucoup, moralement bien entendu, car je vous vois aujourd'hui pour la première fois. Votre personne répond parfaitement à l'idée que je m'en étais faite. Cette espèce de divination du physique par le moral vous étonne?

— Je l'avoue, madame.

— Rien de plus simple, cependant. Voici mon procédé : Il s'agit, je suppose d'un jeune homme, d'un noble et vaillant cœur, d'un esprit élevé, d'une âme délicate et sensible, d'une loyauté chevaleresque, d'un caractère énergique; maintenant, d'après cette connaissance approfondie du moral de la personne, il faut se représenter l'aspect de ses traits que l'on ignore. Que doit-on faire pour réussir à se le figurer? Donner autant que possible à ses traits la mâle et douce beauté de son âme. Ainsi ai-je fait, et je vous trouve très-ressemblant au portrait que j'ai rêvé. C'est en songeant à vous, alors que je ne vous connaissais que par le portrait que l'on m'avait fait de votre caractère. Maintenant, dear sir, parlons sérieusement; mais avant tout, je veux que vous soyez persuadé que la plus tendre des sœurs n'aurait pas pour vous un attachement plus vrai que le mien.

A ces fraternelles paroles, sir William sentit de nouveau son embarras disparaître, il reprit plus hardiment :

— Madame, vous voulez bien m'assurer que vous m'aimez comme une sœur ; cependant, vous me voyez depuis deux heures à peine ; vous ne me connaissez pas.

— Vous vous trompez, William. Excusez-moi de vous appeler aussi familièrement. Je trouve insupportables entre amis ces froides formules de Monsieur et de Madame. Souffrez donc que je vous appelle William et vous m'appellerez Flore.

— Madame, balbutia l'ingénu, rougissant, je n'oserai jamais. Et le respect, madame ?

— Que voulez-vous, William, en ceci, j'aurai le malheur de vous manquer de respect, dit Flore en souriant. Je me permettrai de vous appeler très-irrévérencieusement William, quelquefois même, mon cher William. Il est vrai que vous pourrez vous venger de mon irrévérence en m'appelant : Flore, ma chère Flore.

— Mais, madame, je...

— Enfin, essayez toujours, mon cher William ; si mon nom vous est trop pénible à prononcer, je n'exigerai plus de vous ce sacrifice, mais au moins essayez, je vous en prie.

## XXXI

### SIR WILLIAM ANLEY CROIT RÊVER

— Flore! murmura le novice d'une voix si inintelligible, qu'elle l'entendit à peine ; et malgré lui l'ivresse le gagna.

La courtisane trouva naturel de pousser l'ivresse à son comble. Elle reprit d'une voix douce et grave :

— Vous vous trompez en disant que je ne vous connais pas, je vous l'ai prouvé tout à l'heure, en vous démontrant qu'aucune des qualités de votre cœur ne m'était inconnue. Et, bien plus, je n'ignore rien de ce qui vous touche. Je sais combien vous aimez vos parents. Je sais que vous êtes venu à Londres pour demander la main de la fille du colonel Clark ; je sais que madame votre mère était une demoiselle de Longcourt, que vous avez un cousin germain, le baron de Longcourt, un mau-

vais gentilhomme qui s'est ruiné, qui ne vit plu-
qu'en faisant des dupes, que votre digne mère l'a
repoussé, comme il le méritait.

— Madame, je reste confondu; mais comment
le savez-vous?

— Mon cher William, voilà la seule question à
laquelle je ne puis répondre.

— Mais pourquoi, madame?

— J'ai promis à une personne mourante de vous
protéger pendant les quelques jours que vous pas-
serez ici. Tout ce que je puis vous dire, c'est que
de son vivant, cette personne protégeait l'amour
que vous nourrissez pour la fille du colonel. Aussi
a-t-elle craint les dangereux écueils que la vie de
Londres offre à chaque pas de ceux qui, comme
vous, sont confiants, parce qu'ils sont bons, généreux et pleins de foi dans le bien. Mais, dites-moi,
quelle impression vous ont causé jusqu'ici l'aspect et
le séjour de notre grande ville?

— Madame, j'ose à peine vous le dire.

— De grâce, cher William, osez. La question que
je vous adresse est dans votre intérêt.

— Eh bien, vous ne sauriez vous imaginer l'étour-
dissement mêlé de pénibles angoisses que Londres a
produit sur moi. Je me suis senti tout autre.
Mille pensées nouvelles, mille désirs inconnus se
sont soudain éveillés en moi. Cette atmosphère d'élégance, de luxe, de richesses dont je suis entouré
m'enivre; mais...

— Ne craignez pas, cher William, d'être sincère.

— Hélas! dois-je vous l'avouer, madame, l'ivresse que je ressentais ce matin encore était remplie de fiel et de jalouse amertume ; j'enviais ces jeunes gens, leur bonne grâce, les paroles que leur adressaient d'élégantes jeunes femmes. Je me sentais isolé, perdu au milieu de ces heureux du jour, moi, pauvre provincial arpentant les allées du parc, vêtu ridiculement ; que vous dirai-je? vous allez sourire de pitié, j'avais envie de pleurer ; mais depuis que je vous connais....

— Pauvre William, je vous ai écouté avec un profond intérêt. Je bénis Dieu de vous avoir placé sur ma route afin de vous préserver de bien des périls ; l'envie que vous ressentiez n'a rien qui me surprenne, elle est légitime vous pouvez aspirer à la satisfaire dans certaines mesures, mais n'abusez pas des plaisirs de votre âge ; restez fidèle aux excellents principes, dans lesquels vous avez été élevé ; puis s'interrompant, elle ajouta : Vous me trouvez sans doute bien moraliste pour une femme de vingt-deux ans ; ami...

— Parlez, madame, ces conseils, donnés par vous, sont précieux pour moi. Il me sera si doux de les suivre!

— Cher William, vous m'encouragez ; c'est que voyez-vous, rien n'est plus timide, plus défiant de soi-même que le véritable am...

Flore n'acheva pas le mot amour ; mais, au tressaillement du jeune Écossais, la rougeur qui couvrit son front témoigna qu'il avait compris la signification du mot inachevé.

— Floré reprit en baissant les yeux ; rien, dis-je, de plus timide, de plus défiant que la véritable amitié. Elle craint parfois de choquer ou d'ennuyer parce qu'elle est sérieuse, parce qu'elle est prévoyante, parce qu'elle doit souvent emprunter le langage austère de la raison. Voyez-vous, William, je voudrais disposer en souveraine d'une partie du temps que vous consacrez à vos distractions ; peut-être n'auriez-vous pas à vous plaindre de ma tyrannie.

— Croyez bien, madame, que vos paroles me prouvent combien l'intérêt que vous me portez est sincère. Mais encore une fois la cause de cet intérêt?

— William, vous oubliez déjà ma prière, ne vous ai-je pas dit qu'un serment...

— Pardon, madame, pardon.

— Vous êtes pardonné, je continue. Certes, je vous engagerai toujours à conquérir une haute position par votre mérite; mais je n'ignore pas que les délassements, les distractions, les plaisirs sont un besoin impérieux pour un homme de votre âge ; seulement, mon ami, il est un choix dans les plaisirs, il en est de décents, d'honorables qui forment le cœur et l'esprit ; mais il en est d'autres qui sont dégradants, honteux, qui ne laissent après eux qu'amertume et dégoût ; c'est de ceux-là surtout que je voudrais vous préserver.

— Mais, madame, il me semble que je rêve, qu'est-ce qui m'a mérité tant de bonté ?

— On mérite toujours le sentiment qu'on inspire.

D'ailleurs, m'occuper de vos plaisirs, ne serait-ce pas m'occuper des miens? Et, à ce sujet, revenons à mon programme. J'ai une excellente loge à Covent Garden, je suis quelque peu musicienne et je trouverais charmant de vous faire partager quelquefois mon admiration'pour les maîtres. Je dis quelquefois, car, je n'ose être exigeante. Mon seul espoir est qu'un jour ou deux par semaine vous me consacriez l'une de ces soirées qui, je le sais, appartiennent à la famille de votre charmante fiancée.

— Vous ne sauriez croire combien vos conseils me touchent. Vraiment, la plus tendre des sœurs ne me parlerait pas autrement.

— Encore un mot, mon cher William. J'ai voulu que vous fussiez admis au club de lord Dudley parce que là, vous vous trouverez de prime-saut avec l'élite de la société. Voyez-vous, souvent un jeune homme s'adonne à de mauvaises relations, ou il se perd faute d'occasions de fréquenter la bonne compagnie. A Londres, tout dépend de la nature des premières liaisons que l'on contracte. Lord Dudley est un galant homme, dans toute l'acception du mot. Vous pouvez vous montrer en toute confiance avec lui !

— La cordialité de son accueil m'a touché; mais cet accueil s'adresse bien moins à moi qu'à vous, à qui je le dois. Lord Dudley est votre ami; il a voulu vous être agréable en me témoignant tant de courtoisie.

— Selon moi, la vérité est que lord Dudley est

enchanté de vous. C'est d'autant plus flatteur qu'il se montre difficile. Il est très-froid, très-réservé dans le choix de ses relations.

Un domestique vint prévenir Flore que sa voiture était attelée.

— Déjà huit heures, dit-elle; c'est incroyable avec quelle rapidité le temps passe près de vous!

— Je vous laisse, dit le candide Écossais, en se levant, vous allez sortir.

— Je devais ; mais toute réflexion, je ne sortirai pas.

— Pourquoi cela, madame?

— Je préfère rester seule, me souvenir et rêver, répondit Flore en lançant un regard noyé de voluptueuses langueurs.

Après un moment de silence elle parut accablée par l'émotion. Elle tendit sa main à sir Anley:

— A demain, n'est-ce pas ?

— Pouvez-vous en douter, madame?

— Encore ce mot madame ! Ce mot sec et froid ! reprit Flore d'un ton de reproche.

— Vous ne voulez pas m'appeler Flore, même pour me dire adieu?

— Adieu, Flore, répéta sir William, fasciné par sa tentatrice.

Le montagnard sentit le sang lui monter au cerveau et troubler sa raison. Flore le fit rasseoir près d'elle.

— Comme j'aime à vous entendre prononcer mon nom!

William, regardez-moi.

Il obéit. Ses yeux rencontrèrent les yeux bleus et avides de la courtisane penchée vers lui, elle était si près qu'il sentait son souffle. William éperdu, enivré éprouva une commotion profonde. Cette nature énergique, déjà bouleversée par les séductions de cette femme dangereuse défaillit sous l'influence des sensations nouvelles. Une sueur froide couvrit son front.

— Pardonnez-moi, madame, dit-il d'une voix éteinte, il me semble que je vais mourir.

Sir William, les yeux demi-clos, laissa tomber sa tête morte sur un coussin, n'ayant plus qu'une demi-conscience de ce qui se passait autour de lui. Cependant, il sentit que la sueur qui ruisselait sur son front était étanchée à l'aide d'un mouchoir parfumé. La jeune femme ne paraissait pas s'apercevoir du frissonnement qui le plongeait dans un état analogue, à celui où l'esprit flotte incertain entre la veille et le sommeil.

— William, mon ami, revenez à vous, c'est moi, Flore, votre sœur, ne me reconnaissez-vous pas?

A la voix de Flore qui semblait palpiter d'émotion et d'amour, sir Anley ouvrit les yeux et contempla la jeune femme.

Non, ce n'était pas un songe, cette femme jeune, riche et élégante l'aimait, elle le lui avait dit de son regard brûlant; mais cet amour soudain, qui l'avait fait naître? Comment avait-elle été instruite de son arrivée récente dans la capitale? Comment avait-elle pu découvrir sa demeure ? Comment possédait-elle depuis si longtemps une connaissance aussi approfondie de son caractère? Vainement, il cherchait à pénétrer ce mystère. Il se glissait déjà dans son cœur les enivrements de l'orgueil. Il se croyait aimé de Flore, elle lui prédisait des succès étourdissants. Comment ne l'aurait-il pas cru, le pauvre ingénu? A peine arrivé à Londres, il voyait cette femme se jeter à sa tête. Que l'on nous pardonne cette expression vulgaire. Cette femme qui, par sa rare beauté, son charme séducteur et son esprit troublait et devait passionner les hommes les plus difficiles.

William se crut tout simplement adoré. Mais dans sa candeur il regarda comme un devoir de ne pas paraître instruit du secret qu'il venait de surpendre. Il se promit fermement, de ne jamais abuser, de résister à tout entraînement de n'accepter que l'amitié dévouée qu'elle lui offrait.

Lorsque sir Anley eut complétement recouvré son esprit, la figure de Flore se transforma. Une mélancolie touchante voila le brûlant éclat de ses beaux yeux. Loin de songer à provoquer de nouveau l'ivresse sensuelle du jeune homme, elle voulut au contraire le calmer; elle reprit donc d'une voix attristée :

— Je tremble encore de l'effroi que vous m'avez causé, mon ami. Êtes-vous moins souffrant maintenant ?

—Oui, ce malaise subit dont je ne puis m'expliquer la cause, a cédé à vos bons soins, Flore, répondit cette fois familièrement sir William, puisant son assurance dans la découverte qu'il avait faite du secret de Flore. Il se disait en toute sincérité :

— « Pauvre femme ! puisque je ne saurais répondre à sa folle passion, montrons-nous pour elle aussi affectueux que le meilleur des frères. »

Flore porta son mouchoir à ses yeux et cachant, à demi son visage, elle tendit une de ses belles mains à sir Anley, en lui disant d'une voix altérée :

— Adieu, William, à demain.

Lui, aussi surpris qu'alarmé, s'écria :

— Comment, Flore, vous pleurez ?

— Laissez-moi seule, mon ami, je suis faible, je suis folle.

Sir Anley, profondément attendri en songeant que la passion sans espoir qu'il inspirait à Flore causait les larmes qu'elle versait, sentit aussi ses paupières s'humecter.

La jeune femme ajouta d'une voix altérée, sans regarder sir William :

— Je vous quitte, mon ami, à bientôt.

Et elle entra précipitamment dans un salon voisin du boudoir, en feignant de vouloir cacher ses larmes, et elle en ferma brusquement la porte.

— « Pauvre femme ! pensa sir Anley, éprouvant une naïve commisération, mêlée de surprise et d'orgueil. Ses forces sont à bout ; elle ne peut lutter contre la folle passion que je lui inspire, elle va donner un libre cours à sa douleur. Est-ce bien possible ? Est-ce croyable ? Il faut bien le croire ;

car ce n'est pas un rêve, ce que j'ai entendu. Il faut bien ajouter foi à ce qu'on voit ».

Sir William, bien que livré à ses préoccupations, en quittant le boudoir, observa plus attentivement qu'à son entrée le luxe incomparable des salons qu'il traversait.

Précédé du valet de pied, celui-ci, en serviteur bien appris, ouvrit les deux battants des portes. Le noble Écossais descendit fièrement le perron au bas duquel attendait un équipage, celui de Flore.

# XXXII

## LADY DUDLEY CHEZ LE COMTE DE CINTRAY

En quittant la courtisane, sir William marcha d'abord, ainsi qu'on le dit « sur les nues ». Il regardait les passants avec une expression d'autorité ou de supériorité singulière; enfin, il regagna sa demeure où nous le laisserons pour pénétrer chez le comte de Cintray.

Dans l'étage quasi-royal habité par lady Dudley, dès qu'elle s'y trouva seule, la bonne grâce, l'empressement, l'expression bienveillante et heureuse, qui animaient ordinairement son visage en présence des étrangers, disparaissaient tout à coup pour faire place à la mélancolie et au découragement.

Enveloppée dans son long peignoir blanc, elle erra quelque temps dans le boudoir, prenant et quittant chacun des objets qu'elle trouvait sous sa main,

11

cherchant quelque chose sur quoi fixer son attention, sans pouvoir y réussir. Alors, elle alla s'asseoir dans un de ces vastes fauteuils gothiques où les peintres aiment à poser les gracieuses et blanches jeunes filles sur le fond de quelque riche tapisserie du moyen âge. Heureux ceux qui auraient vu Diane ainsi placée, sa brune tête jetée en arrière, ses deux mains réunies sur ses genoux et fixant au ciel, ses deux yeux bleus, d'où s'échappaient des larmes silencieuses. Quelles pensées l'agitaient, quels nouveaux malheurs planaient sur elle pour qu'elle pleurât ainsi? Peut-être n'eût-elle pas osé l'avouer; car elle parut avoir quelque honte de l'émotion à laquelle elle s'abandonnait. En effet, elle se leva brusquement, ouvrit la fenêtre et s'y accouda. En face d'elle était un château appartenant à lord Dudley. C'était à peu près tout ce que Flore lui avait laissé de sa fortune. Au milieu de toutes ses folies et de ses erreurs de jeunesse, il y avait une chose qu'il avait su respecter, c'était ce château où sa mère était morte. Au milieu de ses plus inconcevables faiblesses, sa volonté à l'égard de cette demeure était restée inflexible, même pour Flore à qui il avait tout sacrifié.

— «Ce château a appartenu à ma mère, disait-il, et jamais je n'allierai son nom à celui d'une personne sur qui pourrait planer le plus léger soupçon. »

— «Le malheureux, se disait lady Dudley en regardant l'isolement de cette demeure abandonnée. Qu'il doit souffrir s'il a jamais compris à quel point je l'ai aimé! Maudite soit la femme qui a flétri mon amour!

bien qu'elle ait rompu une union, où, je le sens maintenant, je n'aurais trouvé que le malheur. Hélas !
la position qu'elle m'a faite, est-elle moins affreuse?
Quel sera mon avenir, à peine protégée par mon
oncle dont les chagrins ont fait un vieillard presqu'é-
teint? Être obligée de vivre dans un monde que je
n'aime pas ! J'y marche en aveugle avec un nom qui
déshonore mon enfant et qui brise son avenir. »

A ce point de ses réflexions, ses larmes recommen-
cèrent à couler, mais cette fois, elle s'y abandonna
ainsi qu'aux pensées qui les avaient causées.

— « Hélas ! se disait-elle, faut-il vivre et mourir,
l'âme vide, sans espérances, sans amour ! Mon Dieu,
prenez en pitié ce tumulte de mon âme où je m'égare,
cette soif d'aimer qui me brûle, et que, je le sens,
je n'éteindrai jamais. Qui m'aimera maintenant?
Qui aimerai-je? Qui oserai-je aimer sans crainte
de me briser contre quelque passion égoïste ou à
quelque hideux calcul? Oh! la trahison, le désespoir,
les larmes, enfin toutes les douleurs d'un amour in-
compris seraient mille fois préférables à cette solitude du cœur. N'espérer rien, ne croire à rien, n'attendre rien, oh! c'est affreux ! Aller ainsi dans la
vie sans un asile où reposer le cœur, sans y craindre
même de trouver un écueil où il puisse s'y briser!
Se débattre dans le vide où ne luit aucun monde,
que l'on espère atteindre, ce vide fût-il éclairé de
la plus éblouissante lumière du ciel. C'est aussi
épouvantable que de tomber dans les ténèbres sans

'fin de l'enfer. O mon Dieu, arrachez-moi à ce ver-
tige, ne me laissez pas seule avec moi-même. J'ai
besoin d'aimer, mon cœur se meurt de solitude et
d'ennui. »

Ainsi pensait lady Dudley, si toutefois on peut
appeler penser, ces ardentes aspirations qui se per-
daient dans l'espace, ce cri d'un cœur délaissé, auquel
rien ne répondait !...

Une pensée subite lui fit rejeter avec terreur ces
regrets superflus.

Elle joignait les mains et pria Dieu de la délivrer
de son coupable désespoir. Elle était encore plongée
dans ses pensées, lorsqu'on frappa à la porte.

# XXXIII

## LE MARQUIS DE BLAIRANT

Un valet de pied entra et présenta une carte à Diane.

— Le marquis Albert de Blairant, lut-elle. Qu'il entre! qu'il entre! s'écria Diane, sans prendre la peine de cacher la joie que lui causait cette visite. Enfin, vous voilà, Albert! Madame la marquise, votre mère, m'avait annoncé votre visite et je l'attendais comme l'aveugle attend la lumière.

Le marquis de Blairant a vingt-huit ans. Sa taille moyenne décèle, au premier coup d'œil, une force physique peu commune. Sa démarche libre et dégagée, son pas assuré et ferme dénotent l'élasticité des membres, et d'heureuses dispositions aux exercices du corps. Ses traits sont fins et réguliers. Son front haut, ombragé par une forêt de cheveux bouclés ; le menton fortement accusé, indique un caractère décidé et une résolution énergique ; d'épais sourcils bruns font ressortir la vivacité, et augmentent encore la profondeur de son regard. Habitué à fixer hardiment tout ce qui attire son attention, la bravoure et l'audace rayonnent dans l'étincelle électrique qui jaillit de ses grands yeux noirs. Son teint légèrement basané dénote un séjour sous le climat brûlant de l'équateur. De soyeux favoris, dessinés d'une façon correcte, encadrent sa physionomie franche et ouverte.

Disons tout de suite que le jeune marquis aimait Diane de Cassy avant son mariage. Le comte de Cintray aurait vu cette union avec bonheur avant que la jeune fille ne lui eût parlé de son amour pour lord Dudley.

Alors, en présence du malheur qui le frappait si cruellement, le marquis avait ressenti un si vif chagrin, que son courage l'abandonna. Depuis qu'il était homme, sa vie n'avait été qu'un doux et constant amour pour la femme qu'il venait de perdre, puisqu'elle en épousait un autre : aussi, lors du mariage de Diane, quitta-t-il l'Angleterre.

Une année entière s'écoula sans lui apporter aucune nouvelle de celle qu'il aimait. Enfin, sa mère le rappela à Londres en lui peignant les souffrances de son amie.

Lorsque Albert se trouva en présence de Diane, il lui tendit la main et lui dit :

— Milady, je suis à Londres parce que je sais que vous êtes malheureuse, oui, bien malheureuse. Je suis venu pour vous aider à lutter contre deux infâmes ; voulez-vous être, vous et moi, contre votre mari et Flore ?

En entendant prononcer ces deux noms par Albert, la jeune femme fut comme emportée par un mouvement irrésistible de terreur, et sa main alla effleurer les lèvres du jeune homme pour lui imposer silence.

— Albert ! s'écria-t-elle.

Albert ! cela signifiait : Taisez-vous. Albert ! cela signifiait encore : Pourquoi parlez-vous d'un secret que vous ne devriez pas connaître. Il devina le double sens de cette exclamation ; il ne s'en effraya pas ; il n'y avait de colère ni dans l'un ni dans l'autre. Cette femme qui avait voulu le faire taire, n'était pas irritée, mais craintive.

Cependant, Diane, comme honteuse de son premier mouvement s'était éloignée de son ami plus pâle que jamais ; mais plus belle aussi, parce que son visage avait alors repris l'expression de la vie. Elle contemplait Albert et semblait attendre qu'il s'appliquât davantage.

— Avant d'oser lui répondre, le marquis se leva et s'approcha du fauteuil sur lequel lady Dudley était retombée.

— Madame, dit-il, d'un ton solennel, regardez-moi bien, et écoutez-moi, je vous en prie. Il a suffi qu'on me parlât de vous une seule fois pour me

ramener ici et me convaincre que je serais fier de
me consacrer à vous.

Je vous le répète; je sais que vous êtes malheureuse; voulez-vous de moi pour votre ami? Tenez,
madame, je ne resterai pas plus longtemps auprès
de vous aujourd'hui, il est des impressions violentes
que la solitude et le silence peuvent seuls calmer et
mûrir tout à la fois; c'est un de ces effets-là que ma
visite a dû produire sur vous. Je vais donc vous
quitter sans demander un mot, une syllable. Ce mot,
vous auriez peut-être trop de peine à le prononcer
aujourd'hui; mais, à défaut d'une réponse verbale,
donnez-moi votre main. Votre main dans la mienne
me dira que vous me pardonnez d'avoir aperçu, en
entrant, couler des larmes sur ce visage que la douleur a pâli : Diane, votre main me dira que vous
concevez qu'on prenne en pitié vos souffrances
et qu'on veuille les soulager; que vous acceptez,
pour nous deux, ce lien que mon âme a rêvé, celui
de l'affection la plus respectueuse d'un côté; de la
confiance la plus entière de l'autre.

En s'exprimant ainsi, Albert avait étendu sa main
vers Diane; mais la jeune femme demeurait immobile; elle n'osai pas encore croire à tout ce qu'elle
entendait.

— Vous me refusez, dit le marquis, d'une voix
que l'émotion rendait tremblante; vous n'avez pas
encore confiance en moi, que faut-il donc faire pour
vous convaincre? Songez-y, Diane, quelque résignée
que soit une femme à souffrir, dans votre situation

il peut arriver un moment où la résignation se change
en désespoir, devant l'excès des tortures, ce désespoir, ils en riront, vos ennemis, tout en cherchant
à l'augmenter; un ami, un frère saurait l'apaiser,
le combattre, l'anéantir. Votre main, votre main,
Diane, à votre ami, à votre frère !

Lady Dudley n'hésita plus. Il y avait si longtemps
qu'elle vivait ainsi sans se plaindre ! elle ne pouvait
continuer à résister à cet ami qui venait lui offrir
ses consolations parce qu'il connaissait ses chagrins.

Sa main tomba dans celle d'Albert. L'amour venait
de s'éveiller tout à coup dans son cœur. Il était
comme un de ces beaux fruits des tropiques qu'un
orage fait éclore et mûrir en une heure.

— Ne me trompez pas, Albert, lui dit-elle en arrêtant sur lui ses grands yeux remplis de reconnaissance.

Le jeune homme imprima avec respect ses lèvres
sur les doigts amaigris qu'on lui livrait.

— A demain, lui fit-il.

— A demain, répéta-t-elle. Vous qui avez si bien
compris mes malheurs, vous avez dû comprendre
aussi que je préférerais courber éternellement la tête
sous mes souffrance plutôt que de chercher dans une
faute l'oubli et la vengeance de ce que l'on m'a fait
supporter. Ne m'accusez jamais d'ingratitude ; car
je vous remercie du fond du cœur de la douce pitié
que je vous inspire. Le souvenir de cette amitié sera
désormais la seule joie de ma vie, mais souvenez-vous

11*

que, pitié ou amour, il m'est défendu d'autoriser l'une
et d'accepter l'autre. Aussi, mon ami, si vous ne vous
sentez pas le courage dont vous aurez besoin, dites-
moi adieu, et, à l'avenir, ne pensez à moi que comme
on pense à ceux pour lesquels on donnerait sa vie
et qui, à leur tour, donneraient leur sang pour vous.

— Diane, j'ai osé vous demander beaucoup; mais
il est des moment dans la vie, où tout dépend d'une
lueur d'inspiration et vous devez sentir que j'ai été
bien inspiré. Ainsi donc, à bientôt, Diane ma sœur, à
bientôt.

Quand lady Dudley fut seule, elle remercia Dieu
d'avoir exaucé sa prière, en lui envoyant l'ami généreux que son cœur désirait si ardemment.

# XXXIV

## UN SOUPER CHEZ UNE COURTISANE

Lord Dudley avait tenu sa promesse en invitant au souper que donnait Flore quelques membres du Jockey-Club.

Le repas, somptueusement servi, durait depuis deux heures ; Flore y avait fait assister sa dame de compagnie en guise de chaperon, une grande femme maigre qui n'ouvrait la bouche que pour manger, boire et répondre : oui, madame.

Sir Anley, placé à côté de Flore, éblouissante de beauté et de diamants, était presque transformé en homme à la mode.

Cependant, sa timidité naturelle, jointe à l'ivresse que lui causait son succès auprès de Flore le rendirent d'abord silencieux.

Puis, peu à peu, sa langue se délia. La courtisane

lui versait fréquemment de pleines rasades de vin de
Champagne, et le provoquait de son plus séduisant
sourire à lui faire raison. De temps à autre, à la faveur de l'ombre projetée par la table, elle caressait
du bout de sa bottine le pied de sir William. Le
regard du jeune Écossais étincelait. Ses traits, déjà
fort animés, devenaient pourpres et trahissaient aux
yeux des autres convives la trop grande ingénuité de
ses sensations. Lord Dudley pouvait à peine cacher
sa mauvaise humeur; bien qu'il s'efforçât de la dissimuler, autant par orgueil que par convenance.
Ses amis n'ignoraient pas qu'il s'occupait beaucoup
de Flore. Elle n'était pas de ces femmes dont la position sociale commande le secret de ses admirateurs ;
or, la physionomie candidement triomphante de sir
William et les regards plus que compromettants
que Flore elle-même affichait ou affectait par calcul, révélaient au moins clairvoyant des convives sa
passion apparente pour le jeune Écossais. Tous s'a-
perçurent du rôle ridicule que jouait lord Dudley
qui avait invité ses amis à souper chez sa maîtresse,
afin de les rendre, pour ainsi dire, témoins du succès
de son rival, — de ce rival qu'il leur avait à l'avance
chaudement recommandé comme candidat à leur
club.

Nos amis du monde se font toujours un régal de
nos déconvenues. Lord Dudley surprit plus d'un malin
regard échangé entre ses intimes.

Il se voyait bafoué par sa maîtresse qui l'hu-
miliait publiquement par les préférences effrontées

dont elle accablait sir Anley. Aussi, la sourde irritation qu'il ressentait allait croissant, bien qu'encore contenue par l'usage de la bonne compagnie. Quant à sir William, habitué à une extrême sobriété, il sentit bientôt l'effet des fréquentes libations, des regards languissants et des attouchements mystérieux prodigués par la courtisane. Sa raison n'avait pas encore fait naufrage, mais toutes ses facultés étaient exaltées à leur plus haute puissance. Être aimé de Flore, de la femme la plus attrayante du monde ! N'avoir plus rien à envier à toute cette jeunesse dorée ! Penser que ce joyeux souper n'était que l'inauguration d'une vie de plaisirs et d'amour ! voilà ce qui le faisait rayonner de fierté. Aussi, notre montagnard écoutait-il avec avide curiosité l'entretien suivant, auquel son inexpérience des hommes et des choses ne lui permettait pas de prendre part, mais qui représentait fidèlement l'existence et la fashion londonienne.

— Vous savez qu'Alfred a perdu deux cents guinées au dernier combat de coqs.

— Il le pouvait d'autant mieux qu'il en avait gagné mille sur Old Nick, au dernier derby.

Enfin, on passa en revue toutes les questions importantes et futiles du jour. On parla courses, opéra, danseuses à la mode ; on compromit plusieurs femmes par le récit de bonnes fortunes, imaginaires ou réelles. Quelques-uns eurent de l'esprit, d'autres s'efforcèrent d'en avoir, bref, on prétendait s'amuser fort.

— Puisque nous parlons chevaux, qui de vous a remarqué l'attelage de sir Anley ? demanda un des convives ; pour moi, je n'ai rien vu de plus complet, de plus admirable que ses deux chevaux noirs.

— Parbleu, ils ont coûté huit cents livres à Fattersall, je le tiens de ce dernier lui-même.

— Bravo, mon cher, vous êtes un fier connaisseur ; voilà pour un début, un fonds d'écurie qui promet.

— Tous les débuts de sir William sont et doivent être heureux, ajouta Flore d'un air significatif. N'a-t-il pas pour parrain et marraine le bon goût et la bonne grâce. Ainsi, en amitié, il a débuté par conquérir l'estime et l'affection de lord Dudley, qui ce soir, rêve sans doute à ses amours, car, c'est à peine s'il prend part à la conversation.

— Vous me faites trop d'honneur, madame, de vous occuper de moi, répondit l'amant de Flore, en proie à une lutte intérieure. Je suis, en effet, fort préoccupé.

— Peut-on, mon cher, connaître la cause de cette préoccupation.

— Cette cause est fort simple, madame. C'est la question de constater quelle limite peut atteindre la patience humaine.

— S'il en est ainsi, je suis au regret de troubler vos calculs physiologiques, repartit Flore qui ne voulait pas encore pousser son amant à bout.

Un des convives pressentant, à la pâleur de lord Dudley, qu'un orage allait éclater essaya de détourner la conversation :

— On me citait hier un mot charmant du marquis de Handslowe.

— Voyons le mot.

— Vous connaissez l'avarice de son père ? elle est proverbiale.

L'autre soir, par une nuit glaciale, Handslowe passa enveloppé jusqu'aux oreilles dans une pelisse fourrée près de son père, aussi légèrement vêtu que lui était emmaillotté. Le vieux duc jeta un regard sur les fourrures de son fils et lui dit : « Quelle mollesse ! ne pouvoir, à votre âge, braver le froid ! Regardez-moi ; je l'affronte intrépidement ; mais aussi, j'ai une santé de fer, un coffre à vivre cent ans. » — « Ah ! mon père, vous ne savez jamais me dire que des choses désa-gréables ; » répondit le fils, d'un air piteux, à la pers-pective de cette longévité paternelle.

Une explosion générale d'hilarité, à laquelle sir William prit part, accueillit cette plaisanterie d'héri-tier.

Sir Anley, honteux du silence qu'il avait gardé jusqu'alors fit un suprême effort pour vaincre sa timidité. Il puisa dans sa naissante ivresse une cer-taine assurance. Il leva vers le plafond sa coupe de cristal remplie par Flore et lui jetant un regard pas-sionné, il dit :

— Messieurs, je bois à l'amour, je bois à ceux qui ont le bonheur de posséder une belle maîtresse ; je bois au grand docteur de l'art de bien vivre ; c'est-à-dire de jouir ; car à quoi bon vivre sans jouis-sances ?

— Bravo, bravo, sir William, dit Flore. Je savais bien que vous étiez digne d'être reçu membre de la joyeuse confrérie des viveurs.

— J'en accepte le trop flatteur augure, chère madame, et je termine mon toast en buvant aux Cockneys, poursuivit-il, de plus en plus animé par les exclamations de ses nouveaux amis. Voyons, messieurs, qu'étais-je avant ma transformation, voulez-vous le savoir?

# XXXV

## SIR WILLIAN

— Parlez, parlez! s'écrièrent ensemble quelques convives qui s'amusaient fort de l'animation crois- sante du jeune Écossais.

— J'étais un pauvre sot de montagnard élevé dans des principes niais; fort épris de la vie rustique. Hélas! je n'en connaissais pas d'autre. Je professais en toute naïveté d'âme le culte assommant des vertus champêtres et des plaisirs bucoliques, j'avais en perspective cette honnête et surtout désopilante existence, résumée par la classique étiquette. « Bon père et bon mari ». Puis, excité par la double ivresse du vin et des applaudissements: « Voilà ce que j'é- tais; mais à cette heure, je suis métamorphosé par la magique influence de la grande cité. Que suis-je maintenant? Eh, morbleu, mes maîtres, je suis sage

et j'étais fou, sot, et je suis devenu sensé, aussi, je préfère
le plaisir à la peine, le loisir au travail, l'amusement
à l'ennui, l'or aux gros sous, la vie à la mort ; car,
voyons, n'était-ce pas la tombe que l'assommante
monotonie de mon existence rustique ? Qu'est-ce que
la vie, sans une belle maîtresse, l'éclat du luxe, les
beaux chevaux, l'opéra, le club, la chasse, les sou-
pers fins, les gais amis? aussi, je veux faire à tout
prix briller mon exubérante jeunesse ; non, pardieu,
je n'attendrai pas pour croquer joyeusement mon
bien, que mes dents soient tombées ! Grâce à l'usure,
on peut jouir de son patrimoine du vivant de ses
parents ; n'est-ce pas s'épargner comme le marquis
de Handslowe, la tentation féroce de désirer leur fin?
Je disais dans ma niaiserie juvénile: Laboureur je
suis né, laboureur je mourrai ; aujourd'hui je dis :
Viveur je suis, viveur je mourrai. Et je finis en buvant
à vous, mes maîtres, dans l'art de bien vivre.

Sir Anley se rassit triomphant au milieu des hourras des convives. Flore, lui versa une nouvelle rasade
de champagne. L'ivresse croissante de sir William
offrait aux regards des convives l'expression sincère
de ses vœux actuels et à venir.

On objectera, sans doute, que l'excellent naturel
de notre Écossais et les bon principes de sa jeunesse,
auraient dû le défendre d'une si brusque défaillance ;
mais, si l'on songe à l'impétuosité de son tempéra-
ment, et surtout à la puissance des séductions calcu-
lées pour le perdre, ce jeune homme, organisé ainsi
qu'il l'était et placé entre l'ivresse du vin et la ten-

tation, c'est-à-dire Flore, la ceinture dénouée, le regard lascif, le sourire provoquant, lui disant de son plus tendre regard « *I love you* », on comprendra sa transformation.

Lord Dudley, malgré son parfait savoir vivre et son empire sur lui-même avait plusieurs fois senti que sa patience était à bout en entendant la courtisane le poursuivre d'allusions piquantes et aggraver ainsi le ridicule dont il souffrait si cruellement. Il éprouva une sourde irritation contre sir Anley ; mais, se souvenant des propositions homicides de sa maîtresse, propositions rejetées d'abord par lui avec indignation, il résolut de ne plus servir d'instrument à cette femme dangereuse, en évitant de se quereller avec le jeune étourdi, qui, après tout, n'avait fait que profiter d'une bonne fortune inespérée. Comme on le voit, lord Dudley était parvenu jusqu'alors à faire taire son ressentiment. Flore voyant l'animation de sir William s'accroître à la suite des approbations données à sa profession de foi de viveur, dit à son amant, qui seul était resté soucieux et froid :

— Pardonnez-moi, cher lord, de troubler encore vos méditations sur les limites de la passion humaine, mais, en vérité, votre silence commence à m'inquiéter fort. Vous, l'un des plus brillants soupeurs que je connaisse, vous êtes ce soir incroyablement maussade, puis, se tournant vers sir Anley, n'est-ce pas, mon cher, qu'il n'est pas du tout amusant, ce cher lord ?

— Tout ce que je sais, madame, c'est que le souper

est charmant et je plains notre ami s'il ne s'y amuse
pas, accentua le jeune débauché, bien qu'il sentît
son cerveau, non plus seulement excité, mais troublé
par la fumée des vins. Il prit sa coupe de cristal et
dit se redressant de son mieux :

— Messieurs, je bois à la gaieté renaissante de
lord Dud... Dud... Et il vida son verre sans s'apercevoir qu'il lui avait été impossible de nommer son
nouvel ami d'une manière intelligible. Lord Dudley,
poussé à bout par le dernier toast de William, répondit d'un ton sardonique :

— Je remercie sir Anley de ses vœux pour la renais-
sance de ma gaieté, il est mieux que personne à même
de la réveiller, car il pourrait sans difficulté prêter à
rire aux plus moroses.

— Mais, mon très-cher, dit Flore s'adressant à sir
Anley, ce que vient de vous dire lord Dudley est de
la dernière insolence. Une insolence ! à moi, s'écria
le montagnard devenu pourpre, bien qu'il ne sût pas
encore si Flore parlait sérieusement. Pourquoi lord
Dudley serait-il insolent à mon égard ? Vous vous
trompez, reprit un des convives, afin d'écarter tout
sujet de querelle, il s'agit d'une plaisanterie,
voyez plutôt notre belle Flore est la première à en
rire.

— A la bonne heure, reprit sir William dont les
traits assombris s'épanouirent aussitôt.

— Savez-vous, mon cher William, dit Flore, de manière à n'être entendue que de lui et de son amant qui,
en ce moment, lui lançait des regards furieux, je

gage, continua-t-elle, que lord Dudley est jaloux de vous.

— Ah ! et pourquoi cette jalousie? demanda, sir William qui ignorait que lord Dudley fût l'heureux amant de Flore.

La courtisane profita de l'ignorance du jeune Écossais, et lui dit avec son plus doux sourire.

— Comment, pourquoi cette jalousie? mais parce qu'il me faisait, depuis six mois, une cour enragée.

— Ma chère, répondit lord Dudley d'un ton de naïveté méprisante, vous vous vantez !

— En quoi cela ?

— Mais en prétendant que je vous aie fait la cour, répliqua le jeune lord d'un ton railleur.

— Vous le niez?

— En présence de sir Anley, oh ! formellement.

— C'est piquant.

Il est écrit quelque part, que toute personne, si médiocre qu'elle soit, a toujours un rôle ou une minute où elle est sublime, de même qu'il y a dans la vie du plus grand rustre, du plus gros imbécile un moment où il a toutes les ressources et toutes les présences d'esprit d'un homme de génie. Ce jour-là était probablement celui de lord Dudley, car il reprit:

— Vous savez, ma chère, qu'on ne fait la cour qu'aux femmes d'un certain monde; assurément, je ne nie pas les caprices honteux que peuvent faire naître certaines natures vicieuses : la science et l'expérience ne peuvent vous manquer puisque vous commencez des éducations, ajouta lord Dudley en désignant sir William du regard : seulement, je trouve que vous commencez ou un peu tard ou un peu tôt.

— Mais, mylord, vous êtes un manant, s'écria Flore en jouant l'émotion. Puis elle ajouta d'une voix altérée en cachant son visage dans son mouchoir : Vous avez entendu, William, quelle lâche insulte mylord vient de me faire, à moi pauvre femme sans défense !

— Ne suis-je pas votre défenseur ! s'écria le jeune Écossais, qui ne voyait pas en quoi lord Dudley eût insulté Flore en lui reprochant de faire des éducations.

Mais celle-ci se plaignait d'avoir été grossièrement insultée, et cela devait suffire.

# XXXVI

## IVRESSE DE SIR ANLEY

Sir William se dressa de toute sa hauteur et s'écria:

— Mylord! les lâches sont seuls capables d'insulter une femme.

— Assez, dit Flore, ne vous exposez pas, à cause de moi, aux suites d'une querelle. D'ailleurs, lord Dudley ne vous répondra pas. Son silence doit vous prouver qu'il cesse d'être brave quand il a un homme pour adversaire. Venez, mon ami, sortons.

Puis, elle se cramponna à son bras, comme si elle eût voulu se mettre sous sa protection.

— Vous, sortir! s'écria sir Anley. Non, les lâches seuls doivent se retirer.

Puis, s'adressant à lord Dudley, qui était pâle de colère, il lui dit :

— Hors d'ici, insolent !

— Entendez-vous l'intéressant élève de miss Flore ? dit en souriant le jeune lord à ses amis. Il veut que, moi aussi, je lui donne une leçon, d'une autre espèce, il est vrai.

— Messieurs ! Messieurs ! Il y a malentendu, dirent quelques-uns des convives en s'interposant.

— Lord Dudley, s'écria sir William que l'ivresse gagnait de plus en plus, si vous ne sortez pas d'ici à l'instant, je vous jette par la fenêtre.

— Sir Anley, reprit lord Dudley, haussant les épaules, vous me faites pitié ; vous êtes ivre, allez vous coucher.

— Goddam ! hurla William ; si j'avais le bras assez long, je te souffletterais, je... je.....

Il n'en put dire davantage ; il eut la bouche close par le choc d'une serviette que lord Dudley lui jeta dédaigneusement au visage.

Sir William, dont l'ivresse et la fureur atteignaient le paroxysme, s'élança d'un bond sur lord Dudley ; mais les amis de celui-ci le saisirent par le bras et les épaules et tâchèrent de le retenir.

Sir William rugit et s'efforça de joindre lord Dudley.

Grâce à sa force athlétique, il entraîna ceux qui se cramponnaient à lui en criant :

— Mylord, triple lâche !... je t'assomme.

La table heurtée se renversa avec fracas, les can-

délabres et les bougies roulèrent à terre. L'obscurité
envahit le salon. Lord Dudley se retira vers la porte
et dit à haute voix :

— Messieurs, je ne puis, ni ne veux lutter contre
ce taureau sauvage. Demain, je lui enverrai mes
témoins.

Sir William, profitant de la stupeur causée par
l'obscurité, s'élança sur lord Dudley et le frappa au
visage.

En ce moment, Flore s'approcha de son amant,
lui glissa quelque chose dans la main, tout en lui
murmurant à l'oreille :

— J'avais bien dit que vous le tueriez ! Je n'ai
qu'une parole, aussi, mon cher lord, ma promesse
tient toujours.

Si bas qu'elle eût parlé, lord Dudley avait entendu
et tressaillit. Malgré lui, il serra convulsivement ce
que Flore lui avait mis dans la main.

Sir Anley, dont l'ivresse augmentait la colère,
s'écria :

— Misérable !

Et il frappait sans relâche.

Lord Dudley, exaspéré par la fureur croissante du
montagnard, porta un coup à William, qui tomba
dans les plis de la nappe.

Plusieurs domestiques, attirés par le tumulte en-
trèrent précipitamment. La porte du salon, restée
ouverte, laissa pénétrer la lumière de l'anti-
chambre.

Cette clarté douteuse offrit aux regards étonnés

des convives sir Anley étendu à leurs pieds, un couteau enfoncé jusqu'au manche dans la poitrine. Sir William ouvrit les lèvres comme pour jeter un cri, mais un flot de sang lui sortit de la bouche. Ses yeux tournèrent dans leurs orbites ; une dernière convulsion agita ses membres, puis son buste, un moment soulevé, retomba en arrière et s'affaissa inerte sur le sol.

En ce moment, deux bourgeois affirmèrent à un policeman que, tandis qu'ils longeaient Portland-square pour regagner leur logis, un cri terrible était arrivé jusqu'à eux. Ils s'étaient d'abord arrêtés stupéfaits, puis ils s'étaient empressés de le prévenir. D'après la déclaration des deux hommes, la justice ordonna sur-le-champ une enquête.

Cependant, les curieux virent une petite escouade, composée d'un détective et de cinq ou six policemen se diriger du côté de l'hôtel de Flore. Quoiqu'il fût près de trois heures du matin, cette troupe se grossissait, chemin faisant, des oisifs qu'elle rencontrait, et qui, avec ce flair particulier aux badauds des grandes villes, devinèrent à merveille le but de l'expédition.

Au moment où tout ce monde arrivait dans Portland-square, il y avait déjà près de trois ou quatre cents personnes assemblées en face de l'hôtel.

Le détective, les agents de police se firent ouvrir la porte, qu'ils refermèrent sur eux, au grand désappointement de la foule.

Avant que le détective eût eu le temps d'interroger quelqu'un, lord Dudley s'écria :

— Je suis prêt à vous suivre, monsieur.

Tout en parlant le jeune lord fit un mouvement pour sortir. L'un des agents le toucha doucement sur l'épaule avec son *staff* [1].

— Que faites-vous, monsieur? dit lord Dudley.

— Je vous empêche de sortir.

— Pourquoi?

— Pour que la foule qui est à la porte et que vous entendez ait eu le temps de se retirer.

— Puisqu'il le faut !

— Eh ! mylord, il ne le faut pas maintenant, quoique je sois de la police, j'ai un cœur qui bat toujours, bien qu'il dût être mort depuis longtemps, par la manière dont il a été blessé, meurtri, foulé aux pieds. Je crois devoir vous répéter qu'il est impossible maintenant de traverser cette foule toujours prête au scandale. Je prends sur moi d'attendre jusqu' à demain pour vous remettre entre les mains de qui de droit.

Une larme de reconnaissance se suspendit aux cils de lord Dudley; il serra entre ses mains celles du détective [2].

— Mylord, poursuivit ce dernier, vous êtes sous le coup d'une grave accusation, pourtant, j'ai confiance en vous.

— Oh! merci, merci! balbutia le malheureux.

1. Bâton.
2. Celui qui découvre le crime.

— Donnez-moi donc votre parole d'honneur de ne pas chercher à fuir cette maison et nous vous laisserons seul dans le salon, jusqu'à demain.

— Cette parole, je vous la donne, et je la tiendrai.

— C'est bien, mylord, nous nous retirons.

En effet, après avoir salué, le détective se retira suivi de ses agents.

Flore avait profité du tumulte causé par l'arrivée de la police pour fuir avec sa dame de compagnie.

Quelques-uns des amis de lord Dudley avaient proposé de lui tenir compagnie; mais le jeune lord refusa, disant qu'il préférait rester seul.

Quand ils se furent retirés, lord Dudley, brisé de corps et d'esprit, ne tarda pas à tomber dans une profonde rêverie. Trois heures se passèrent ainsi. Mais tout à coup le jeune lord parut sortir de son engourdissement. Il s'approcha de la fenêtre, l'ouvrit, aspira ardemment l'air pur du dehors qui lui semblait répandre un peu de beaume dans sa poitrine déchirée.

# XXXVII

## MORT DE LORD DUDLEY

Lord Dudley venait de prendre une résolution irré-
vocable ; par conséquent il était calme. Et puis, dans
ce moment suprême, voyant la mort face à face, et
jetant sur sa situation un regard plein d'amertume,
il ne se dissimula point qu'il avait commis un crime.
Il se disait qu'au milieu des circonstances dans lesquelles ce crime avait été commis, sa mort n'était
point une expiation suffisante. Il est vrai qu'il se
condamnait lui-même d'une façon bien autrement
sévère que ne l'eût fait la justice humaine. Deux
pensées le troublaient. Diane lui pardonnerait-elle ?
Oui. Cette noble et douce créature devait lui pardonner. Alors il se disait que Dieu n'a point laissé à
l'homme le droit terrible de disposer de sa propre
vie. Il savait bien que se suicider serait un nouveau

12'

crime ; mais il comptait sur l'infinie miséricorde de
ce Dieu de bonté vers lequel s'élevait son âme.

Il mit un genou à terre et pria Dieu.... Entendit-
il sa prière ?.....

Ensuite, il s'occupa des préparatifs matériels de
son suicide ; et il le fit avec une étrange minutie
qu'on n'aurait pas soupçonnée chez cette nature indo-
lente. D'abord il monta sur une chaise et décrocha
le lustre du salon, et après avoir fait une sorte de
nœud coulant de sa cravate noire, il en attacha l'extrémité à l'anneau qui supportait le lustre. Tout
était prêt. Pour la première fois peut-être il prononça
le nom de Diane avec amour, presque avec respect.

Il demanda encore pardon à Dieu de toutes les
erreurs de sa vie et de la nouvelle faute qu'il allait
commettre. Puis il se haussa sur la pointe des pieds,
passa à son cou le nœud fatal, et repoussant la
chaise, qui lui servait de point d'appui, il se lança
dans l'éternité....

Quand le détective rentra le lendemain matin il y
avait deux heures qu'il avait cessé de vivre.

Ce que nous venons de raconter est tellement
affreux, que beaucoup de personnes s'étonneront et
ne le croiront qu'à demi. Plusieurs diront avec indulgence : Ah ! ces romanciers, il n'y a jamais que la
moitié de ce qu'ils racontent qui soit vraie. Ils pren-
nent leur imagination pour la réalité. Avec des tau-
pinières ils font des montagnes. D'autres diront plus
nettement : Bah ! dans tout cela, il n'y a pas un mot
de vrai.

Eh bien, chers lecteurs, puisque nous voici arrivés à peu près au terme de notre drame, puisque nous touchons aux dernières pages de ce livre, j'éprouve le besoin d'affirmer que ce n'est ni une création plus ou moins habile, ni une peinture de mœurs plus ou moins réelle. C'est une histoire entièrement vraie, un récit parfaitement exact de faits assez récents dont je me suis trouvée le témoin.

Quelques heures après les événements que nous venons de raconter, le comte de Cintray se disposait à se rendre chez Flore pour faire donner à lord Dudley les derniers soins qui étaient dûs à sa mémoire.

Au moment où le comte allait quitter son hôtel pour accomplir sa triste mission, Diane se jeta dans les bras de son oncle. Lady Dudley était pâle et amaigrie par la fièvre. Elle avait atteint ce caractère d'idéalité que donne la douleur aux figures vraiment belles.

Cette jeune femme avait tant prié, tant pleuré, tant souffert, que je ne sais quoi de divin rayonnait en elle. Il semblait que son âme éclairât son teint diaphane et brillât doucement à travers son corps comme une flamme dans un vase d'albâtre. Il y avait chez elle un charme extrême de poésie, et comme une vision de la mort.

Enfin elle se détacha doucement de l'étreinte du comte de Cintray, et, le regardant avec ses beaux yeux noyés de larmes, lui dit tristement :

— Je suis prête, je vous accompagne ; je veux le

revoir, je dois prier pour lui, et demander à Dieu son pardon.

— Mais, ma Diane, vous n'y pensez pas. Vous, mon enfant, vous, aller chez cette femme, c'est impossible !....

— Rassurez-vous, mon oncle, la pitié dans mon cœur a remplacé l'amour. En ce moment suprême, je ne fais qu'accomplir un devoir. Ma vie, jusqu'à présent, a été triste, inutile. Tel n'était pas sans doute le sort que j'avais rêvé. Il est un sentiment, un bonheur plus vif que tous, et que je ne dois jamais connaître. Quoique bien jeune encore, il me faut y renoncer, ajouta Diane, avec un sourire contraint. Mais enfin, grâce à vous, mon sauveur, grâce à vous, je me suis créé d'autres intérêts. Je vous le répète, la charité, la pitié ont remplacé l'amour.

# XXXVIII

## LA BAGUE DE FLORE

Au moment où le comte de Cintray, accompagné de lady Dudley, se présenta chez Flore, celle-ci était seule dans son boudoir. Elle semblait brisée. Le triste événement qui s'était accompli chez elle, la nuit précédente, l'avait comme anéantie.

En entendant le valet de chambre annoncer le comte de Cintray, Flore parut rassembler toutes ses forces ; elle se leva comme mue par un ressort, l'œil fixe et hagard, la poitrine haletante, et s'écria : Qu'il n'entre pas ! Je ne veux pas recevoir le comte. Mais il était trop tard. Le comte avait suivi le domestique et entra presque en même temps que lui, accompagné de Diane.

Flore retomba sans forces sur son sofa.

— Ne craignez rien, madame, lui dit le comte de

Cintray en s'avançant. C'est à Dieu et non pas aux hommes à vous juger; c'est à Dieu qui nous à tous créés pour remplir une mission. Mais je crois qu'il est temps que vous vous souveniez qu'une fois cette tâche remplie, il faut tous nous préparer à paraître devant le tribunal suprême, et que là nous devons tous incliner le front devant notre Juge divin et attendre de lui la bénédiction de nos œuvres ou la juste punition de nos forfaits. Votre mission à vous est consommée; il nous reste à continuer la nôtre. Veuillez donc, madame, nous faire la grâce de vous retirer dans votre chambre, et de ne la quitter que quand on aura emporté d'ici le corps du malheureux qui n'est plus.

Flore fit un pas vers la porte; mais elle revint aussitôt. Des hoquets convulsifs lui soulevaient la poitrine, des larmes brûlantes traçaient un double sillon sur son visage. Elle tomba à genoux devant le comte, et s'efforça de lui prendre la main. Elle murmura à travers ses sanglots : monsieur le comte, au nom de Dieu, que vous venez d'invoquer, écoutez-moi.

— Eh, répliqua-t-il durement, que pouvez-vous avoir à me dire ?

Alors elle se tourna vers Diane, et lui dit :

— Toutes mes fautes, je les avoue. Oui, c'est moi qui ai fait commettre ce double crime, mais si vous saviez !.....

Les sanglots lui coupèrent la parole pendant quelques instants. Puis elle reprit : j'ai mérité votre haine.....

— Madame, interrompit froidement lady Dudley, je ne hais personne.

— J'ai mérité votre mépris, votre horreur, mais aussi votre pitié. Je n'étais pas née méchante; la nature ne me poussait ni au mal, ni au vice. Si j'avais eu une mère, un père ; si seulement j'avais eu un ami ! Mais personne, personne ! Jamais un bon conseil; jamais une main tendue vers moi, jamais une voix ne m'a dit : ce n'est pas là qu'il faut aller. Ah ! madame, si vous saviez combien est faible une pauvre enfant abandonnée ! On s'empare d'elle, on la pousse vers le mal ; elle marche à l'aventure jusqu'à ce qu'elle tombe dans l'abîme. Cependant, il arrive qu'un jour elle rencontre un homme comme vous, monsieur le comte, qui se charge de lui faire comprendre la honte et le malheur de son passé. Alors que ne donnerait-elle pas pour racheter ses fautes et recommencer sa vie ? — Flore se tut.

Lady Dudley dissimula de son mieux une larme de pitié. Quant au comte, il n'avait rien compris, rien entendu de ce que venait de dire Flore ; le regard du gentilhomme s'était fixé sur la main de la courtisane. Il ne la quittait plus, ni des yeux ni de l'âme.

Quand Flore eut cessé de parler, le comte se passa la main sur le front comme pour en chasser une vision. Il demeura ainsi quelques instants. Le silence qui régnait dans le boudoir le rappela à lui. Faisant un effort sur lui-même, il prit doucement dans la sienne une des mains que Flore tendait vers lui, et

se mit à l'examiner avec une persistance singulière.

Flore sentit un frisson de bonheur parcourir tout
son être. Le contact de cette main lui faisait pressentir un pardon généreux.

Elle releva la tête, et dit :

— Monsieur le comte, si je cherchais des excuses
propres à atténuer l'odieux de ma conduite, à vos
yeux et aux miens, peut-être en pourrais-je trouver.
Mais j'aime mieux ne devoir qu'à votre générosité
le pardon que j'implore. J'aime mieux laisser à
l'avenir le soin d'effacer le passé.

— Madame, dit enfin le comte, il m'est pénible
d'avoir à vous demander un service.

— Un service, à moi? s'écria Flore. Ah! parlez,
parlez, quel qu'il soit, je vous jure de l'accomplir.

— Madame, reprit gravement le gentilhomme, je
voudrais savoir d'où vous tenez la bague qui est à
votre main droite. Que vous l'ayez achetée ou qu'on
vous l'ait donnée, je vous prie de me la rendre... Je
vous crois encore assez délicate pour me la céder
quand je vous aurai dit que cette bague est un bijou
de famille, qui ne peut ni ne doit rester plus longtemps votre propriété.

— Monsieur le comte, vous vous trompez, sans
doute. Cette bague est à moi, bien à moi. Elle me
vient de ma mère qui en mourant l'a remise au docteur Clarke, en le priant de la faire parvenir à son
père qui se nommait, a-t-elle dit, le comte de

La.... Ma pauvre mère n'a pu en dire davantage;
elle était morte. J'ai appris depuis que les chif-
fres de cette alliance étaient ceux de mon père....
Vous le voyez, monsieur le comte, vous vous êtes
trompé.

## XXXIX

### LE PÈRE ET LA FILLE

En entendant Flore affirmer d'une façon positive que cette bague lui venait de sa mère, une pâleur mortelle avait couvert le visage du comte de Cintray. A l'immobilité de son corps, on aurait pu croire que la vie s'était retirée de lui, si un tressaillement nerveux n'avait agité ses mains et ses lèvres. L'anéantissement de toute sa personne exprimait un si profond désespoir que les femmes s'écrièrent en même temps :

— Mon oncle! — Monsieur le comte, qu'avez-vous?

— Ah! ce n'est pas possible! Ce n'est pas possible! Vous mentez! J'affirme que vous mentez, entendez-vous, madame, s'écria le comte d'une voix que l'émotion rendait tremblante. Cette bague ne peut ni ne doit vous venir de votre mère.

Flore, sans répondre, retira de son doigt l'anneau, qu'elle présenta au comte. Celui-ci s'approcha de la fenêtre. Hélas ! Il ne s'était pas trompé. En examinant la bague, il reconnut son chiffre, celui de Blanche de Lamarre ainsi que ses armes et sa couronne de comte. Pour lui, cette preuve était évidente, elle acheva de dissiper tous ses doutes, bien qu'il fût déjà à peu près certain que Flore était l'enfant naturelle de mademoiselle de Lamarre.

Pourtant, en reconnaissant cette bague, il éprouva un violent serrement de cœur. Un léger frisson parcourut tout son corps, car quelque probable que paraisse un fait, il y a encore une immense distance de là à la certitude.

Tandis que le comte avait toujours les yeux fixés sur l'anneau, Flore demanda timidement.

— Monsieur le comte, voit-il quelque chose qui l'aide à rappeler ses souvenirs ?

— Oui, répondit-il brusquement ; maintenant je n'ai plus de doutes ; maintenant je connais votre père.

— Mon père ! s'écria Flore, j'ai un père ! Par pitié, qui est-il ? Faites-le moi connaître, et je vous bénirai comme je bénirai Dieu ; car vous auriez fait pour moi ce que Dieu seul pourrait faire.

Un léger incarnat colora les joues de Flore, qui

leva ses beaux yeux au ciel, comme si elle eût voulu l'implorer.

Un silence de quelques secondes succéda aux paroles d'enthousiasme de la jeune femme. Le comte le rompit.

— Je vous ordonne de ne me rien cacher. En vous confiant à une nourrice, on a dû vous donner un autre nom que celui de Flore ?

L'air courroucé du gentilhomme, le ton avec lequel il l'interrogeait la firent trembler. Elle n'osa soutenir le regard irrité qui tombait sur elle. C'est à peine si elle eut la force de répondre qu'après la mort de sa mère, elle avait été adoptée par le marquis de Chelsea, et que ce dernier avait été la cause première de l'avilissement où elle était tombée quand elle eut perdu tout à la fois celui qui était son protecteur et son séducteur.

— Mais, reprit-elle, puisque vous connaissez mon père, de grâce veuillez me le nommer ?

— Votre père, s'écria brusquement le comte. Vous voulez le connaître ? Eh bien, apprenez que moi, le comte de Cintray, j'ai manqué à tous mes devoirs. J'aimais une jeune fille, je voulais en faire ma femme. N'ayant pu obtenir le consentement de son père, je l'ai déshonorée. A cette même époque, ma mère qui habitait l'Italie, tomba subitement malade. Je dus m'absenter et quitter celle que j'avais perdue, en lui promettant de revenir sous peu et d'obliger son père à donner son consentement qui était forcé par la situation de sa fille. Malheureusement la maladie de ma mère était grave et me retint à son chevet six longs mois, après lesquels elle mourut. Alors je n'eus plus qu'une seule pensée, qu'un seul désir : retourner à Londres où sans doute j'étais père... Mais, hélas ! autour de moi, je ne devais plus trouver que deuil et solitude. A peine de retour j'appris que celle que j'avais tant aimée avait quitté la demeure de son vieux père, et que celui-ci était mort de chagrin. Je crus comprendre qu'en fuyant la maison paternelle, la pauvre enfant avait voulu se soustraire à la colère du gentilhomme. Je résolus de la retrouver. Toutes mes recherches furent vaines.

— Mais enfin, où est cet enfant ? demanda lady Dudley pâle et atterrée.

— Hélas ! ne le devinez-vous pas ? reprit le comte. Pendant vingt-deux ans j'ai cherché mon enfant avec l'espoir que, s'il m'était rendu, ce serait une fille que j'aurais à aimer ; car il me semble que chez nous autres gentilshommes, il y a toujours pour un fils un intérêt de race et de nom. Je me disais qu'une fille, une fille on l'aime pour elle seule, par cela même qu'on a vu l'humanité sous ses faces les plus sinistres. Alors, quelles délices pour un père de pouvoir se reposer dans la comtemplation d'une âme candide et pure, de respirer son parfum virginal, d'aspirer avec une tendresse inquiète ses tressaillements ingénus. La mère la plus fière de sa fille ne doit pas éprouver de ces ravissements ! Elle lui est trop semblable pour pouvoir goûter ces douceurs ineffables. Oui, voilà ce que j'avais rêvé, ajouta tristement le comte. D'ailleurs je ne me suis pas trompé, la voix du sang a parlé juste. J'ai retrouvé mon enfant et c'est une fille ! Seulement, c'est une fille perdue !

Diane ne put retenir ses larmes, tant l'accent du comte était profond et déchirant.

Après un moment de silence, rougissant presque de l'émotion à laquelle il s'était laissé entraîner, il dit à Diane, en souriant tristement :

— Pardonnez-moi, mon enfant. Mes regrets et mon espoir perdus m'ont entraîné malgré moi.

— Oh ! mon oncle, croyez que je partage vos chagrins. N'en ai-je pas le droit puisque vous avez partagé les miens ? Malheureusement les consolations que je puis vous offrir sont vaines.

— Vous vous trompez, chère enfant ! Le témoignage de votre intérêt m'est doux et salutaire. C'est déjà presqu'un soulagement de dire que l'on souffre.

— Écoutez-moi, monsieur le comte, dit timidement Flore.

— Oh ! ne me parlez pas, s'écria le comte dont les traits se rembrunirent à la pensée que Flore était l'enfant qu'il avait tant cherchée, tant pleurée, tant rêvée.

— Ma fille, continua-t-il, une indigne créature, une âme de bronze et de boue....

Je me demande s'il n'eût pas mieux valu quelle fût morte et que je ne l'eusse jamais connue !

— Mon Dieu, dit Flore en joignant les mains et

tombant à genoux. Pourquoi donc ai-je oublié de
prier?... Pourquoi, mon Dieu, ne vous êtes-vous pas
révélé à moi plus tôt? J'aurais puisé dans ma confiance
en vous la force de combattre... Mais, je le sens, maintenant tout est fini. Je suis perdue!... Si bien perdue,
que je vous supplie d'en finir avec une malheureuse
qui n'a plus la force de souffrir.

Puis, s'adressant au comte de Cintray :

— De grâce, monsieur le comte, vengez, en me
tuant, l'outrage involontaire que je vous ai fait
d'être votre fille.

En parlant ainsi, Flore avait courbé la tête devant
son père. Celui-ci avait senti la fibre paternelle vi-
brer dans tout son être. Mais il se roidit contre
cette émotion et recula de deux pas.

— Ah ! dit Flore, en portant les deux mains à son
cœur comme pour l'empêcher de se rompre : puis
d'une voix sonore, elle s'écria :

Je sens que mon cœur se brise ; ma tête s'égare !
je deviens folle. Loin de ces lieux qu'on m'em-
porte !...

En parlant ainsi, la jeune femme était restée à
genoux. A entendre les sanglots qui soulevaient
sa poitrine, on eût dit qu'elle allait se briser. De cette
volonté si ferme, de cette intelligence si supérieure,
de ce cœur bronzé, il ne restait plus rien. Tout avait
disparu, tout s'était anéanti devant la douleur de
son père.

Diane eut sans doute pitié de tant de désespoir,
et comme si elle devinait la seule consolation pos-

sible à une affliction aussi grande et voyant que
le comte demeurait silencieux, elle s'écria :

— Mon oncle, vous êtes sans pitié ! Debout, Flore,
debout, ma sœur !

— Ta sœur, mon enfant, cette femme !

# XL

## DIANE.

— Je vous le répète, mon oncle, quels que soient ses torts, la fille du comte de Cintray est ma sœur. Faites comme moi, je vous en supplie, en grâce, pardonnez ! Et que du haut du ciel où Blanche de Lamarre contemple cette terre, pour nous si ténébreuse, elle vous bénisse !

En entendant Diane prononcer le nom de Blanche, la seule femme qu'il eût jamais aimée, une douloureuse satisfaction se peignit sur les traits hautains du gentilhomme. Puis, à la vue du mal dont souffrait cette femme qui, après tout, était sa fille, une cruelle pensée contracta son front. Ses yeux semblèrent s'humecter, il s'approcha de Flore et lui dit avec un sourire mélancolique :

13*

— Allons, courage, mon enfant! Diane a raison. Debout ma fille!

— Ah! merci, mon oncle, s'écria Diane, maintenant nous serons deux pour vous aimer.

Et, plus bas, elle ajouta :

— Et deux pour pardonner.

— Monsieur le comte, jamais, pourrez-vous jamais oublier, demanda Flore, et moi, pourrai-je soutenir votre regard? Si, comme on le prétend, et comme je le crois, le remords efface les fautes, soyez indulgent pour les miennes. Depuis que je sais que vous êtes mon père je les expie durement. Mais si cette indulgence que je vous demande n'est pas dans votre cœur, si vous me repoussez, ainsi que je le mérite, je courberai la tête sous votre juste aversion, et l'horreur que je vous inspire sera le plus cruel, mais aussi le plus juste de mes châtiments ; car c'est à moi que vous devez tous les malheurs de lady Dudley, cet ange de bonté. C'est encore moi qui vous condamne à cette douleur inouïe d'avoir pour fille une malheureuse, que je vous remercie de n'avoir pas maudite.

La pitié a triomphé. Votre cœur de père s'est soumis, mais, je le sens, il n'est pas résigné.

— Enfant, dit le comte, vous souffrez, je dois vous pardonner. Seulement, par pitié pour vous-même, ne m'exposez pas à vous défendre, car, sachez-le bien, le premier qui oserait insulter ma fille, je le tuerais.

Trois jours après les faits que nous venons de raconter, le comte de Cintray quittait Londres, en compagnie de lady Dudley et de Flore, pour aller passer quelque temps à Jersey, dans une villa qui lui appartenait.

Avant son départ Flore avait chargé un sollicitor de vendre son mobilier et de réaliser sa fortune pour faire construire un orphelinat, ne désirant rien garder qui pût lui rappeler son triste passé.

Maintenant, revenons, cher lecteur, au début de ce livre, et transportons-nous, si vous le voulez bien, chez miss Smith, qui habite une fort jolie maison, située dans le quartier de Bromphe.

Tout le demi-monde connaissait le luxe de son intérieur. Ses toilettes éblouissantes faisaient damner ses rivales et soupirer ses compagnes de l'Opéra, — ce qui la flattait infiniment. Elle possédait de nombreux bijoux, lesquels séjournaient tour à tour dans les bureaux hospaliers des *Pawn-brokers* [1], où ils étaient toujours parfaitement accueillis en leur qualité. Pour acheter un cachemire, ou payer les gages de ses gens, elle n'hésitait jamais à se séparer d'un écrin, quitte, à la première occasion (soit que le coffre-fort se remplît à l'aide d'un riche étranger ou d'un fils de famille), à envoyer sa femme de chambre, exclusivement chargée du département et de l'entretien des reconnaissances, retirer, comme elle le disait plaisamment, ses enfants de nourrice.

1. Prêteurs sur gages.

# XLI

## MISS SMITH

Au moment où nous pénétrons chez la jolie courtisane, elle venait à peine de se lever, bien qu'il fût
déjà près de midi. Ses cheveux, relevés sans art,
entraînaient par leur poids le peigne d'écaille et ils
se déroulaient à moitié sur ses épaules. Ses doigts
roses se plongeaient de temps à autre dans cette
merveilleuse chevelure, en éparpillaient les mèches
autour de son frais visage, et lui eussent donné l'aspect d'une Madeleine repentante ou désolée, si son
petit nez, légèrement relevé, si sa bouche moqueuse
et l'expression mutine de sa physionomie n'eussent
donné un démenti formel au souvenir de la belle
convertie que nous venons de nommer.

L'insouciante jeune femme ramenait parfois autour de son corps les plis souples d'un peignoir de

soie bleu de ciel, tout garni de dentelles. Affranchie de la contrainte d'un corset, elle se repliait, était accroupie sur un sofa d'étoffe algérienne, placé au fond du cabinet de toilette tendu de mousseline des Indes. Ainsi posée, elle avait devant elle un jeu de cartes, dont une partie était dans sa main gauche. A sa droite gisait un paquet de tabac éventré, du papier à cigarettes et une boîte d'allumettes.

— Un, deux, trois, quatre, cinq, six, sept, murmura-t-elle, toute rouge d'attention soutenue; et en suivant chaque carte avec l'index de la main droite, elle nomma :

— As de carreau... une lettre! Voilà mon affaire. Un, deux, trois, quatre, cinq, six, sept, roi de pique! Homme de loi, et vieux encore! Qu'est-ce qu'il peut me vouloir cet être-là? Voilà trois fois que je le trouve dans mon jeu. Pour sûr j'aurai enflammé un avoué. Voyons donc, et recommençons à compter, mais mentalement cette fois : dame de pique! mauvaise femme! Trahison! s'écria-t-elle. C'est Flore! Un, deux, trois, quatre, cinq, six, sept! jeune homme blond, valet de carreau. Fortune! C'est un amant! C'est Georges à moins que ce ne soit ce pauvre Anley puisqu'il n'est pas mort. Mais non, car il est retourné en Écosse, chez son papa et sa maman. Grand dadais, va! C'est bête, les cartes! Elles devraient porter un nom; on ne chercherait pas Lancelot! Est-ce qu'on a jamais eu un amant de ce nom-là?... Enfin n'importe!

Puis, se remettant à compter.

— Trèfle, argent. Tiens, c'est de la veine. J'ai

justement un billet à payer. Je suis sûre que ce vilain père Salomon ne me ferait pas grâce. Tiens, sept de cœur, amour ! Un, deux, trois, quatre, cinq, six, sept, roi de trèfle, encore un vieux ! décidément ces cartes sont bêtes comme trente-six choux. Elles ne me disent rien ce matin. Un tas de vieux, merci : on en voit assez au foyer de la danse. C'est égal, je vais toujours me faire une réussite pour voir si c'est Georges qui viendra aujourd'hui.

Elle commençait à peine de mêler ses cartes quand sa femme de chambre se glissa près d'elle :

— Dites donc, madame, s'écria-t-elle d'un ton dégagé qui n'affectait pas un grand respect pour sa maîtresse.

— Eh bien, quoi ?

— Il y a le vieux Salomon qui demande à vous parler.

— Ah ! le vilain singe ! Je parie qu'il m'apporte son mémoire pour la cinquième fois. Voilà un être tenace dont on ne peut se débarrasser. Dis-lui que je n'y suis pas.

— Il a rencontré Jérôme, qui lui a dit que vous étiez chez vous.

— Si je ne lui devais pas six mois de gages, je lui donnerais ses huit jours. Voyons, regarde un peu ce qu'il y a dans sa toilette.

— Eh bien, il ne se gêne pas, Jérôme.

— Vous savez bien qu'il n'y a que des peignes, des brosses, des cosmétiques, du blanc, du bleu, du rouge, enfin le drapeau national.

— Et dans ce vase du Japon sur la cheminée ?

— Tiens ! ça sonne.

— Eh bien !

— Trois livres, un shilling et quatre pence.

— Diable ! Son mémoire monte au moins à cent cinquante livres.

— Nous avons encore la parure d'émeraudes que lord Quiembo a donnée à madame.

— Plus souvent que je la mettrai au clou pour cet être-là ! Autrefois je faisais des bêtises de cet acabit-là et tout le monde me tombait dessus. Aujourd'hui, c'est une autre histoire. Dis-lui qu'il entre ; je vais le recevoir un peu proprement.

Et sautant du sofa, elle ramena les rubans de sa ceinture qu'elle attacha vivement.

# XLII

## SIR SALOMON

M. Salomon entra. C'était un homme de petite taille, maigre à faire peur, avec des cheveux rouges. Sa physionomie sournoise s'efforçait, sans y parvenir, de prendre un air franc et aimable.

Ce monsieur était une des notabilités de l'estimable corporation des tapissiers. Il joignait à l'amour de son état une violente passion pour les nouvelles politiques. Il entra, en tenant son chapeau d'une main, le *Times* et un rouleau de papiers de l'autre, et salua profondément; car il avait trop d'esprit pour ne pas comprendre qu'il n'avait droit à l'insolence qu'après refus de payement.

Il allait commencer une phrase empruntée au Code de la civilité puérile et honnête, lorsque miss Smith,

que cette visite ennuyait fort et qui ne désirait pas
la voir se prolonger, s'écria brusquement :

— Ah çal est-ce que vous allez venir m'agacer
les nerfs trois fois par semaine ?

— Madame, répondit le tapissier avec un air de
dignité blessée, je viens pour...

— Eh, mon Dieu ! croyez-vous que je l'aie oublié !
Je vous dois cent cinquante livres...

— Je me plais à croire que madame se le rappelle.

— Parbleu ! Vous ne me laisserez pas l'oublier longtemps. Enfin, je suis pressée. Qu'est-ce que vous
voulez? De l'argent, n'est-ce pas ? Eh bien, je n'en
ai pas ; repassez un autre jour !

— Impossible, madame, j'ai une échéance après-
demain, et j'ai compté sur la rentrée de cette petite
somme, vous comprenez?

— Je comprends que je n'ai pas d'argent pour
le moment. Donc, quand même vous auriez toutes les
échéances du *stock exchange* [1], cela n'y ferait exac-
tement rien.

— Mais, madame, il me faut mon argent.

— Vous m'ennuyez. Vous êtes un fier sournois, un
sans cœur, un ingrat. Il y a six mois, j'ai fait renouve-
ler mon mobilier. Vous m'avez apporté une facture
de mille guinées, qui vous ont été payées par Son
Honneur, sir James.

— Je le sais bien, madame. Sur cette facture, je
ne réclame rien.

1. Bourse.

— C'est bien heureux ! Un mois après, je deman-
dai une garniture de cheminée pour ma chambre
à coucher. Autre mémoire de trois cent vingt-
cinq livres, qui a été payé par je ne sais plus qui.
Enfin, aujourd'hui, je vous dois cent cinquante misérables livres, et malgré tout le commerce que je
vous ai fait faire, vous ne pouvez pas me laisser
tranquille !

— Croyez, madame, que c'est contre mon gré
que je vous tourmente, mais les affaires vont si
mal !... pis que l'année dernière.

— Laissez-moi donc la paix. Je connais cette
balançoire-là ! Avec vous autres, les affaires vont toujours plus mal que l'année précédente. A ce compte-
là, il y a diablement longtemps qu'elles ne devraient plus aller du tout. Voyez-vous, il est inutile
que vous m'en contiez. Les marchands, je les sais
par cœur ! Quand l'une de nous va dans vos maga-
sins, si elle est *chic*, on la bourre de marchandises,
on lui promet toutes les facilités possibles, on la
fête, on l'encense parce que vous savez bien que
nous ne comptons jamais et que nous vérifions
encore moins. Vous vous basez d'avance sur les
profits d'une passion allumée par nos beaux yeux.
Mais si la passion tarde deux mois à se manifester,
vous nous *cauchemardez* tous les jours.

— Mais, madame, il faut bien que nous rentrions
dans nos fonds. Nous ne pouvons pas faire crédit
éternellement.

— Pourquoi commencez-vous à nous proposer

du crédit? Est-ce que nous avons des rentes, des chemins de fer, du consolidé?

— Enfin, madame, je ne puis entrer dans ces débats; il me faut de l'argent aujourd'hui même.

— Je n'en ai pas.

— Vous en trouverez, c'est votre affaire !

— Allez vous promener !

— Croyez-vous, par hasard, que les négociants peuvent faire cette réponse aux garçons de banque qui leur présentent leur signature?

— Eh, répondez ce que vous voulez; je m'en moque pas mal.

Ici, M. Salomon comprit qu'il pouvait être insolent, car il avait deviné que sa cliente n'avait pas d'argent. Aussi mettant son chapeau sur sa tête, et se campant fièrement sur un siége :

— Je ne sortirai pas d'ici sans être payé, dit-il. Ah ! cela m'apprendra à avoir confiance en des filles comme vous.

— Dites donc, vilain crocodile, s'écria la rouge, furieuse de la grossièreté du tapissier : une fille comme moi vaut bien un usurier comme vous, qui spéculez sur les amants des cocottes. Est-ce que vous croyez me faire peur, mon bonhomme? Je vous dis d'abord que je n'ai pas d'argent, — ensuite que vous allez ôter votre chapeau, et plus vite que ça !

Effectivement, la courtisane s'approcha du fournisseur, et, d'un revers de sa main blanche, fit sauter le chapeau par la fenêtre, ce qui la fit rire aux éclats.

M. Salomon se leva furieux pour courir après son chapeau, s'il en était temps encore.

Alors miss Smith sonna avec une telle violence que le cordon lui resta à la main.

— Appelle Jérôme, dit-elle à sa femme de chambre ; et qu'on me flanque ce vilain oiseau à la porte, et carrément... et rondement.

— Ah ! c'est ainsi, fit le tapissier exaspéré et s'efforçant de rester calme. Eh bien, vous aurez de mes nouvelles. Je vais remettre mon mémoire à mon *solicitor*, et nous verrons.

— Nous ne verrons rien du tout, attendu que si vous vous avisez de me faire saisir, je démolis toute votre boutique et j'empêcherai mes nouveaux amis d'aller chez vous.

— C'est bien ! Je ferai ce que bon me semblera.

— Bon voyage ! N'oubliez pas de ramasser votre tromblon et d'en couvrir votre occiput, qui pourrait prendre froid. Et souvenez-vous que, quand j'aurai de l'argent, je vous en enverrai. Ainsi ne revenez plus ici que je ne vous le fasse dire.

Et d'un dernier signe de tête, elle le congédia en lui criant :

— Adieu, mon vieux, et sans rancune.

Puis elle alluma tranquillement une cigarette et se mit à fredonner.

— Vous avez, peut-être, eu tort de le traiter comme cela, dit Marie, lorsqu'elle fut seule avec sa maîtresse.

— Laisse donc, je connais la clique des fournisseurs. Si j'avais été bien douce, il serait revenu trois fois par jour.

— S'il allait vous poursuivre !

— Il n'y a pas de danger ! Si j'étais une pauvre mère de famille, bien malheureuse et bien honnête, il est évident qu'il serait sans ménagement. Mais moi, la belle aux cheveux rouges ! En s'en allant d'ici il va espérer et s'imaginer que je pourrais bien donner dans l'œil d'un prince étranger. Alors, il ne fera rien du tout parce qu'il aura peur que je lui refuse ma pratique à l'avenir. Voilà, ma chère, comment il faut traiter ces gaillards-là, pour les rendre souples comme des gants.

— A propos, j'oublie de vous dire que madame Élisa, votre nouvelle amie, est dans le salon.

— Eh bien, qu'elle entre ! Je ne lui dois rien à celle-là, au contraire !

# XLIII

## MADAME ÉLISA APPORTE DES NOUVELLES DU BARON DE LONGCOURT.

Madame Élisa était une des reines du Derby et d'Epsom. En entrant, elle s'écria :

— Dis donc, ma fille ! connais-tu la nouvelle ?

— Quelle nouvelle ?

— Celle relative à la mort du baron de Longcourt.

— Il est donc mort, ce Sans-le-sou-là ? Ma foi, tant mieux ; car, entre nous, un homme sans argent est un grand corps sans mouvement. Et de quoi est-il mort ?

— Il paraît qu'il a été mordu par un chien enragé, l'autre jour, en allant à la chasse.

En écoutant madame Élisa, miss Smith haussa les épaules. Quand elle eut achevé, elle partit d'un formidable éclat de rire, puis elle ajouta :

— Ce pauvre baron ! Je crois le voir, assiégé au
pied d'un arbre par cette vilaine bête. Un pied en
l'air, un bras levé, la bouche béante. Quelle mine
piteuse il devait avoir !... Si je savais dessiner je les
peindrais de mémoire. Ce sujet de tableau arra-
cherait des larmes de tous les yeux et ferait dresser
les cheveux sur toutes les têtes ! Quelle scène drama-
tique ! L'élégant baron de Longcourt se mesurant
avec un roquet et vaincu par lui !...

Ainsi que miss Smith l'avait prévu, M. Salomon
jugea prudent de ne pas faire poursuivre sa cliente.
Il s'en trouva d'autant mieux qu'un matin celle-ci
lui écrivit une lettre, le priant de passer chez elle
le plus tôt possible.

Vous devez penser qu'il ne se le fit pas dire deux
fois.

— Mon vieux juif, lui dit-elle, j'ai eu la chance de
rencontrer un imbécile, une espèce de Nabab. Il
arrive de Russie, où il veut retourner claquer. Enfin,
il a trois ou quatre millions de revenu ; il ne sait pas
un mot d'anglais ; je me suis chargé de le lui en-
seigner.

Vous qui connaissez cette langue à merveille, vous
devez comprendre qu'avant de partir pour ce pays,
je veux vendre mes bibelots.

C'est pourquoi, en qualité de connaissance, je n'ai
pas hésité à envoyer chez vous pour me faire exploiter. Mais n'importe ! Offrez votre prix, ne vous
gênez pas. Je suis en train de devenir princesse, et
je protége les grands maîtres.

— C'est trop d'honneur, répondit le tapissier, en s'inclinant. Et, sans sourciller, il offrit deux cents livres sterling d'un mobilier qu'on lui avait payé, six mois auparavant, deux mille guinées.

Pour la première fois de sa vie, la courtisane trouva son fournisseur on ne peut plus raisonnable.

Il va sans dire qu'elle accepta. Le même soir, elle partit pour Moscou en compagnie de sa fidèle femme de chambre qui lui disait :

— Mais enfin, madame, comment ferez-vous pour lui parler ?

— La pantomime, ma chère, remplacera la parole. Il me fera ses déclarations par signes, le vieux singe.

— Croyez-vous que ce soit amusant ?

— Ce sera on ne peut plus drôle et surtout fort fatigant. D'ailleurs, souviens-toi, ma fille, que quand on s'aime, on se comprend toujours.

La conversation en resta là, car le cahot de la voiture ne tarda pas à endormir l'innocente femme de chambre. Quant à miss Smith, elle se disait : il faut absolument que je devienne princesse, puisque cette chipie de Flore est comtesse.

Sur quoi elle suivit l'exemple de sa femme de chambre, et tomba dans les bras de Morphée.

# XLIV

## VISITE A JERSEY. — DEMANDE EN MARIAGE

Vers le milieu du mois de juin, par une matinée
que rafraîchissait une faible brise venant de la mer,
une calèche traversait au grand trot de deux chevaux pur sang la ville de Jersey, pays inculte et
sauvage, où la nature se développe large, magnifique et mystérieuse, bien qu'un peu monotone.

L'on a devant soi de hautes montagnes bleuâtres,
à gauche de nombreuses collines couvertes de bois,
à droite un continuel rideau de verdure, formé par
les saules et les peupliers qui bordent la mer. Cependant le voyageur en berline ne pouvait pas jouir
de ce magnifique coup d'œil, car les stores de la
voiture étaient baissés.

Il semblait craindre d'être reconnu. Après avoir,
pour ainsi dire, traversé Jersey, le voyageur mysté-

14

rieux s'arrêta devant la demeure du comte de Cintray. Avant qu'il ait eu le temps de frapper, un domestique, tout vêtu de noir, s'effaça pour livrer passage au marquis de Bléran.

Au bruit de la porte ouverte par le marquis de Bléran, lady Dudley se retourna et poussa un petit cri de surprise. De pâle qu'il était, son beau visage s'empourpra d'un feu de bonheur.

— Il est évident, dit Albert, en s'avançant et en désignant l'ébauche commencée par Diane, qu'une mère seule peut ainsi peindre son enfant.

— Mais, fit lady Dudley, sans prendre la peine de répondre au compliment mérité du marquis, mon oncle ne vous attendait que demain.

En ce moment, il est allé avec Flore faire une visite et secourir quelques malheureux.

— Je suis enchanté, madame, de la bienheureuse occasion qui m'est donnée de vous entretenir sans témoins, dit le jeune homme d'une voix qu'il essaya de rendre ferme.

— Albert ! dit Diane, dont le trouble faisait trembler la voix.

— Écoutez-moi et calmez vous, madame. Si ce que j'ai à vous dire vous paraît étrange, si une seule de mes paroles vous alarme, chassez du moins la crainte qui pourrait vous faire croire que je veux abuser de votre solitude pour vous tenir un langage que vous ne devriez pas entendre.

— En vérité, dit Diane, les yeux baissés, le cœur oppressé, je n'ai aucune crainte.

— Il faut plus, répliqua de Bléran ; il vous faut du courage.

— Du courage ?

— Veuillez me comprendre, madame. Je vous aime depuis longtemps, car je vous aimais avant l'époque de votre mariage. Cependant, si cela est possible, je vous aime davantage maintenant que vous avez souffert et que vous avez si généreusement pardonné à celle que vous voulez bien, aujourd'hui, nommer votre sœur.

— Les méchants seuls ne savent point pardonner. J'ai trop souffert, dit la jeune femme, pour ne pas avoir pitié de ceux qui se repentent et implorent leur pardon.

— Je vous aime, reprit Albert, non-seulement parce que vous êtes belle, chaste et grande, mais parce que vous m'avez fait comprendre la puissance de la bonté, le charme de l'innocence, la supériorité de la vertu. Je vous aime, non pas seulement pour ce que vous valez, mais pour ce que vous m'avez fait valoir.

Le cœur de Diane battit à lui rompre la poitrine. Sa tête brûlante, se baissa sur son sein. Elle aurait voulu pouvoir se cacher dans les bras d'une mère. Sa respiration était haletante. Elle ne put prononcer une seule parole.

De Bléran continua :

— Oui, je vous aime, et cela n'a rien de surprenant, je pense ! Mais, ce qui l'est sans doute beaucoup, c'est que j'ose vous demander votre amour.

— Mon amour ! s'écria la jeune femme en se reculant avec effroi.

— Oui, répondit le marquis de Bléran d'une voix triste, émue. Et c'est à vous seule que j'ai voulu le dire, et c'est de vous seule que je veux une réponse. J'aurais pu, suivant l'usage, vous faire connaître par vos amis les vœux de mon cœur et vous faire demander par les miens votre réponse. Ceux-là, peut-être vous connaissant mal, vous auraient parlé de mon rang et de ma fortune, et vous auriez pu croire que je les comptais pour quelque chose devant vous. D'autres, trop prévenus en ma faveur, vous auraient dit que, dans ma vie, j'ai montré quelque courage, quelque générosité, et que moi aussi j'ai le droit d'être ambitieux et de croire à l'avenir. D'autres, plus sévères ou plus justes, vous auraient raconté ma vie passée, mes écarts, mes erreurs, mes folies de jeunesse, et vous eussent peut-être détournée de mon amour. Certes, aucun ne vous eût trompée, mais aucun ne vous eût dit la vérité tout entière. Moi seul, je vous la dois, à vous seule qui devez l'entendre. Croyez-moi, Diane, jusqu'au jour où j'ai senti que je vous aimais, je n'ai pas vécu. Ce que je vous dis là est vrai, je le jure par la puissance même de mon amour. Non, je n'avais pas vécu de mon cœur, de mon âme, de mon esprit véritables, car depuis que je vous aime et que je vous sais libre de répondre à cet amour, j'ai une autre âme, un autre esprit, un autre cœur... Ce n'est donc plus l'homme dont on peut vous dire beaucoup de mal et un peu de bien qui vous parle. C'est celui que vous avez créé et qui vous appartient, qui s'adresse à vous, qui vous demande loyalement si vous voulez accepter son amour et son nom.

Comme la jeune femme paraissait absorbée dans un profond silence, de Bléran continua d'une voix grave :

— Ne craignez rien, Diane! Vous pouvez tout dire. Vous pouvez me répondre qu'ayant été déjà trompée vous ne croyez pas à mon amour et que vous le dédaignez. Vous pouvez me dire que vous ne n'aimez pas ! Quelle que soit votre réponse, je n'aurai de colère que contre moi-même qui ne suis pas digne de vous.

Diane confuse, éperdue, le cœur plein d'un trouble inexprimable, heureuse de ce qu'elle entendait, épouvantée de ce qu'elle éprouvait, poussée et retenue à la fois par son amour d'autant plus pudique qu'il était puissant, Diane, dont l'âme frémissait de joie et dont la chaste pensée s'effrayait d'un aveu, Diane qui ne pouvait prononcer le nom du bonheur qui la brûlait, Diane se retourna et murmura :

— Ne me demandez pas de vous répondre, n'exigez pas...

— Diane, dit tristement de Bléran, vous me plaignez.... car vous sentez bien que je vous aime, et vous n'osez pas me dire que cet amour est trop grand pour être partagé.

— Oh ! non, non ! Albert, fit Diane, haletante, je n'ose pas, je souffre....

— Vous souffrez, dit Albert. J'aurais dû prévoir que vous hésiteriez à me dire la vérité.

— Oui, oui, répondit la jeune femme, en baissant ses beaux yeux humides de bonheur. La vérité est que, moi aussi, je vous aime !

Pour la première fois de sa vie, Diane venait de déchirer le voile de son âme virginale, elle souffrait de son bonheur.

Albert lui prit doucement la main et l'attira à lui. Elle ne fit aucune résistance. Elle ne sentait rien, elle n'avait plus ni pensée, ni volonté.

En ce moment le bruit d'une porte qui s'ouvrait et se refermait se fit entendre et livra passage au comte de Cintray et à la marquise de Bléran.

Albert prit la main de Diane, et s'adressant à sa mère :

— Madame, je vous présente votre fille.

— Et moi, ajouta sa mère, je vous dirai que vous pouvez croire en elle, comme elle peut croire en vous.

Le comte de Cintray s'approcha de Diane, et lui dit en l'embrassant :

— Pardonne-moi, mon enfant, de t'avoir laissée seule, mais j'étais prévenu de l'arrivée de ce cher Albert pour aujourd'hui.

Diane, sans répondre, cacha son front brûlant dans le sein de la marquise qui lui souriait à travers ses baisers.

Le lendemain du jour où le marquis de Bléran avait avoué son amour et fait sa demande, les gens du comte de Cintray allaient et venaient dans la ville. Il était évident que l'on faisait des préparatifs de départ.

# XLV

## DIANE EST HEUREUSE

En effet, le même jour, le comte quitta Jersey en
compagnie de sa fille et de sa nièce, afin de se rendre à Londres où, pour la seconde fois, Diane devait
recevoir la bénédiction nuptiale.

Enfin le grand jour arriva : le plus beau ou le
plus triste de la vie.

Dès le matin, Flore vint s'établir auprès de celle
que, depuis quinze mois, elle appelait sa sœur, et
s'étudia à la faire belle, ce qui ne lui fut pas difficile. Cette toilette de mariée, qui sied à presque
toutes les femmes, allait merveilleusement à Diane.
Aussi, quand le grand œuvre fut terminé, Flore put
dire en toute franchise :

— Tu es certainement la plus charmante fiancée
que j'aie jamais vue !...

Ce fut aussi l'avis des deux témoins qui vinrent, avec le marquis de Bléran, chercher Diane chez le comte de Cintray.

Il n'avait été prié à la cérémonie de l'église catholique Saint-Georges, Portland Square, que le nombre de personnes strictement nécessaire à la validité de l'acte.

Quand Diane arriva à la porte où le suisse l'attendait, elle parut animée par le plaisir d'être vue et le bonheur d'être belle. Elle souriait d'un air gracieux et semblait remercier d'avance le flot d'admirateurs qui s'ouvrait devant elle, car d'un seul regard elle vit toutes les rues environnantes encombrées d'équipages magnifiques. Ce n'était partout que livrées aux galons d'or et d'argent, valets de pied à culottes courtes et cochers poudrés.

Pour arriver à l'autel, la fiancée dut fendre une foule brillante et curieuse, car le marquis de Bléran avait été le sujet de beaucoup de conversations, et sa future, qui était déjà connue par ses malheurs, devint en quelques jours le texte de mille commentaires. On prétendait que le marquis de Bléran faisait un mariage d'amour dans des conditions particulièrement passionnées, et la passion est chose si rare dans notre monde calme et froid, qu'elle nous attire à elle comme au plus émouvant des spectacles.

Le visage d'Albert exprimait une joie si pure et si profonde, il avait trouvé un tel air de jeunesse, que Diane, si heureuse déjà, se sentit plus heureuse encore du bonheur qu'elle donnait; naturellement pieuse, et émue comme une femme l'est toujours en pareille circonstance, elle se recueillit bientôt dans la prière.

Enfin, la cérémonie terminée, la nouvelle marquise traversa de nouveau la foule curieuse et sympathique. L'un après l'autre, tous les équipages disparurent.

Une heure plus tard, Diane avait échangé sa robe de satin blanc pour un habit de voyage, et son chapeau de crêpe pour un petit chapeau rond à plumes flottantes.

En ce moment on frappa discrètement à sa porte, le comte de Cintray entra en compagnie de sa fille, qui, elle aussi venait de revêtir un costume de voyage, dont les moindres détails, combinés par un père, concouraient à l'harmonie du plus gracieux ensemble.

La robe, merveilleusement coupée faisait valoir sa taille souple. La plume de sa toque caressait amoureusement les boucles de ses cheveux blond cendré. Un gant de peau de chien enfermait dans une étroite prison la main longue et fine qui jouait avec le manche ciselé d'une ombrelle. Diane rougit légèrement en voyant son oncle s'avancer vers elle.

Le comte attira la jeune femme à lui, et, comme la première fois où elle avait reçu la bénédiction nuptiale, il la tint embrassée pendant quelques instants. Puis, il dit d'une voix grave et ferme ;

— J'ai tenu mon serment car maintenant je vois que tu seras heureuse!

Diane s'arracha des bras de son oncle pour se jeter dans ceux de Flore.

— Qu'as-tu? demanda-t-elle vivement, en voyant de grosses larmes sur le visage de sa compagne.

# XLVI

— Diane, répondit la jeune femme en se penchant à son oreille, je me sens bien malade et j'ai peur de mourir loin de toi qui m'as fait connaître la supériorité de la vertu. Enfin, j'ai peur de mourir et de ne pas t'entendre encore me dire: « Flore, meurs en paix ; je t'ai pardonné ! »

— Tais-toi, dit Diane, en posant son doigt mignon sur la bouche décolorée de son amie qu'elle pressa tendrement contre son cœur.

— Mais, mon oncle, reprit vivement Diane, après un moment de silence, pourquoi nous quittez-vous? Tâchez donc, Albert, ajouta-t-elle, en s'adressant à son mari, de décider le comte à changer le but de son voyage.

— M. le comte sait bien que je ne désire rien autant que de le remercier sans cesse de son consentement à notre union.

Le comte de Cintray tendit sa main au jeune homme et lui dit :

— Ce sera à moi à vous remercier pour le bonheur que vous donnerez à mon enfant :

Et, s'adressant à Diane :

— Tu sais, ma Diane, que je te quitte seulement pour quelque temps. Ma fille est souffrante, et son docteur lui a ordonné un voyage en Italie.

En parlant ainsi, le comte jeta sur Albert un regard qui voulait dire : elle a besoin d'oublier, et surtout de se faire oublier.

De Bléran comprit la signification de ce regard et baissa tristement la tête.

En ce moment un domestique annonça :

— La voiture de monsieur le comte.

— Venez, ma fille, dit le comte en se levant, et souvenez-vous, Albert, que dans un mois nous vous attendons à Naples.

Il embrassa Diane une dernière fois, et essuya du revers de sa main une larme qui coulait sur son teint basané, en arrachant sa fille à l'étreinte de son amie.

Nous ferons grâce au lecteur des détails de ce voyage, accompli par le plus infortuné des pères et la plus malheureuse des filles.

Quelques instants après leur départ, le train express emportait le jeune couple loin des bruits de la ville.

Un coupé, retenu d'avance, avait assuré aux deux époux les douceurs du tête-à-tête, car pour rien au monde le marquis de Bléran n'eût voulu voir son bonheur s'effaroucher dans le pêle-mêle d'un wagon.

— Mon cher maître me dira-t-il où il me conduit? demanda Diane à son mari, quand les bruits de Londres eurent fui derrière eux et qu'ils se virent en pleine campagne. Il me rendra cette justice que je le suis, les yeux fermés, sans savoir où il me mène.

— Comme une femme doit suivre son mari ! Monsieur le ministre vous l'a dit tout à l'heure. Mais rassurez-vous, mon bel ange, je vous mène où vous serez bien !

— Ceci ne m'apprend pas grand'chose. Ne serai-je pas toujours bien où vous serez?

— Eh bien ! puisqu'il faut tout vous dire, nous allons à Windsor où ma mère est déjà.

— Que je vous remercie de me deviner si bien !

Un magnifique équipage, qui attendait les époux à la station, les promena pendant une heure, à travers les plus riantes campagnes du monde et les amena triomphalement dans la cour du magnifique château que possédait la marquise de Bléran aux environs de Windsor.

— Maintenant, tu es chez toi, dit Albert à sa femme, en entrant dans l'hôtel.

— Maintenant, dit la jeune femme en se jetant dans les bras de son mari, maintenant je suis toute à toi !

Toute la population de Windsor se trouvait réunie dans la cour d'honneur du château. La mère d'Albert était arrivée deux heures avant son fils, afin de pouvoir organiser la fête. Aussi rien n'y manqua, ni les détonations de l'artillerie locale qui consistait en trois fusils plus ou moins rouillés, ni le bouquet monstre garni de fleurs symboliques, ni le discours traditionnel rédigé par le magistrat du pays et récité par une jeune fille habillée de blanc, ornée d'une profusion de rubans bleus.

— Que veut dire tout ceci ? demanda Diane à son mari, je ne comprends plus rien à ce qui m'arrive. Il me semble que depuis hier, je suis devenue un personnage des contes de fées...

— Il ne tient qu'à toi, si le conte te plaît, d'en faire une réalité.

Les hourras répétés par un chœur formidable, les cris de : Vive madame la marquise! empêchèrent Albert d'entendre la réponse de sa femme. Mais elle lui serra si tendrement la main que cette étreinte put suppléer aux plus éloquentes paroles.

FIN

# TABLE

TABLE 259

Poitiers. Typ.-Lith. de l'Ouest, J. Ressayre. — Paris, 3, rue d'Aboukir.